Molière

George Dandin (1668)

Texte intégral

LE DOSSIER

Une comédie-farce sur le mariage arrangé

L'ENQUÊTE

La noblesse au temps de Louis XIV

Notes et dossier
Guilhem d'Empare
agrégé de lettres modernes

Collection dirigée par
Bertrand Louët

Hatier

Sommaire

OUVERTURE

Aménagement du Petit Parc de Versailles pour la représentation de la comédie-ballet George Dandin *(juillet 1668).*

ISBN : 978-2-218-96308-7

Tous les mots suivis d'un * sont expliqués dans le lexique p. 119 à 121.

Qui sont les personnages ?

Les personnages principaux

LE MARI

George Dandin est un riche fermier représentant l'élite de la paysannerie. Il a souhaité accéder à la noblesse en épousant Angélique, la fille du seigneur du village. Dandin est un homme orgueilleux, méfiant et irascible mais doté de lucidité.

Les personnages secondaires

LES PARENTS D'ANGÉLIQUE

M. ET MME DE SOTENVILLE sont des nobliaux de campagne. Comme leur nom le laisse entendre, ce sont des sots pétris de préjugés de caste, sans cœur et sans clairvoyance.

LA FEMME

Contrainte par ses parents à se marier avec George Dandin, la belle Angélique ne supporte pas cette union. Avide de billets doux et d'intrigues galantes, cette coquette de province, brillante et malicieuse, revendique une certaine liberté de mœurs.

LE SOUPIRANT

Clitandre est un jeune et riche seigneur. Il a l'élégance précieuse du courtisan de Versailles et l'inconsistance du soupirant de comédie.

.ES TROIS SERVITEURS

:LAUDINE est la suivante d'Angélique : c'est une jeune femme astucieuse, entièrement évouée à sa maîtresse.

:OLIN est un jeune valet de Dandin.

.UBIN est un valet d'une ferme voisine. Ce paysan un peu niais, épris de Claudine, ommet plus de gaffes qu'il ne rend de services.

Quelle est l'histoire ?

Les circonstances

L'action se passe en été, dans les environs de Nancy, devant une maison bordée d'arbres donnant sur la place du village.
Cette maison est celle de George Dandin, un riche propriétaire terrien qui, grâce à son argent, est parvenu à s'apparenter à une famille noble, les Sotenville.

L'action

Persuadé qu'Angélique le trompe, George Dandin demande justice à ses beaux-parents. Mais, alors qu'il pensait confondre sa femme, il est contraint de présenter ses excuses à son amant, Clitandre.

Dandin est à nouveau déjoué par Angélique qui feint d'expulser Clitandre et de le frapper d'un bâton ; comme par hasard, c'est Dandin qui reçoit les coups sur le dos...

Le but

Dans cette pièce, Molière veut en premier lieu nous faire rire de Dandin, qui est par trois fois confondu (couvert de honte) par sa femme, et démontrer les effets néfastes des mariages arrangés. Mais il n'en reste pas là : sa comédie fait la satire de la petite noblesse ruinée, prête à se mésallier pour refaire sa fortune, et de la noblesse en général.

Illustration pour la pièce de Molière Le mariage forcé *(1664).*

Dandin, ayant appris qu'Angélique était sortie de nuit avec son amant, bloque sa femme hors de la maison. Elle le supplie en vain et fait mine de se poignarder.

Descendu pour vérifier que sa femme est bien morte, Dandin se fait à son tour enfermer dehors... C'est lui qu'on accusera d'être sorti pour boire et il devra à nouveau présenter des excuses.

Qui est l'auteur ?

Jean-Baptiste Poquelin, dit Molière (1622-1673)

● L'ÉDUCATION D'ÉLITE D'UN FILS DE BOURGEOIS ANNOBLI

Issu d'une dynastie de riches marchands-tapissiers, Jean-Baptiste Poquelin fait huit ans d'études à Paris. Il est initié très jeune au monde du théâtre : on l'amène voir les tragédies de Corneille jouées à l'Hôtel de Bourgogne, les improvisations sur canevas des Italiens (*commedia dell'arte*) et les irrésistibles farces médiévales.

● L'EXPÉRIENCE DU COMÉDIEN EN PROVINCE

À 21 ans, après avoir obtenu un diplôme d'avocat, il décide de ne pas reprendre la charge de son père – valet de chambre et tapissier ordinaire de la Maison du Roi – et de fonder avec neuf amis « L'Illustre Théâtre ». La troupe fait vite faillite et doit partir en province. Elle sillonne ainsi la France pendant douze ans au cours desquels Molière interprète toutes sortes de personnages tirés du répertoire.

● LA CONSÉCRATION DU « FARCEUR » À PARIS

En 1658, « L'Illustre Théâtre » rentre à Paris et joue une farce devant Louis XIV qui éclate de rire et offre aux comédiens la salle du Palais-Royal. Molière crée, met en scène et interprète une série de comédies en vers ou en prose, parmi lesquelles *Tartuffe* (1664), *Dom Juan* (1665), *Le Misanthrope* (1666), *L'Avare* (1668). Parallèlement, il invente un nouveau genre, la comédie-ballet, où alternent le parlé et le chanté. *George Dandin* (1668) et *Le Bourgeois gentilhomme* (1670) en constituent les exemples les plus connus. La fin de sa vie est obscurcie par la maladie et sa disgrâce auprès du roi. Il meurt à seulement 51 ans.

VIE DE MOLIÈRE	**1622** Naissance à Paris de Jean-Baptiste Poquelin.	**1643** Fondation de « L'illustre Théâtre ».	**1644** Jean-Baptiste prend le nom de Molière.	**1659** *Les Précieuses ridicules*.	**1662** *L'École des femmes*. Molière épouse la jeune (et infidèle) Armande Béjart.
HISTOIRE	**1637** *Le Cid* de Corneille.	**1643** Mort de Louis XIII (1601-1643).	**1644** Le Tellier est secrétaire d'État à la Guerre (jusqu'en 1677).	**1651** *Le Roman comique* de Scarron.	

ʠue se passe-t-il à l'époque ?

Sur le plan politique

• MONARQUE ABSOLU DE DROIT DIVIN

Louis XIV possède les trois pouvoirs (législatif, exécutif, judiciaire). Il est censé avoir été choisi par Dieu pour gouverner le royaume.

• VERSAILLES, SYMBOLE DE POUVOIR ET DE GLOIRE

Le roi construit Versailles (1661-1672) pour en faire son palais, un lieu de loisirs et le siège de son gouvernement : il y fixe les services de ses ministres et toute la haute noblesse pour mieux la contrôler.

• UN RÈGNE BELLIQUEUX

Secrétaire d'État à la guerre de 1644 à 1677, Le Tellier améliore l'armement des fantassins, augmente le nombre de canons, force les officiers nobles à obéir et à payer leurs soldats.
Dès 1667, l'armée royale surpasse en quantité et en qualité toutes les autres armées européennes.

Dans le domaine des lettres

• LE TRIOMPHE DES ARTS DU SPECTACLE

Le roi aime les comédies de Molière et les tragédies de Racine. Sous son règne, 1 200 pièces sont jouées. Il organise des bals et fait composer à Lully de multiples ballets.

• LA SATIRE DE LA NOBLESSE

Une certaine noblesse française est ridiculisée dans une série d'œuvres de Boileau ou de Molière. Celui-ci oppose la raison et le bon sens à l'idéal nobiliaire.

• UNE LITTÉRATURE SOUS TUTELLE

Pendant le grand siècle, les gens de lettres sont protégés par Colbert et les Grands qui leur distribuent pensions, rentes et charges anoblissantes. L'artiste devient un personnage officiel : sa production est valorisée mais également surveillée.

‹4
'ariage forcé. *Tartuffe* (interdit).
ère devient officiellement fournisseur
'é des divertissements royaux.

1665
Dom Juan (interdit).
« L'Illustre Théâtre » devient «Troupe du roi ».

1668
George Dandin, *L'Avare*. Début de la maladie de Molière.

1670
Le Bourgeois gentilhomme.

1673
Le Malade imaginaire ; mort de Molière.

ıt du règne personnel de Louis XIV
ˑs travaux à Versailles.

1668
Fin de la guerre de Dévolution : traité d'Aix-la-chapelle et *Grand Divertissement royal* donné à Versailles.
Fables de La Fontaine.

1670
Pensées de Pascal.

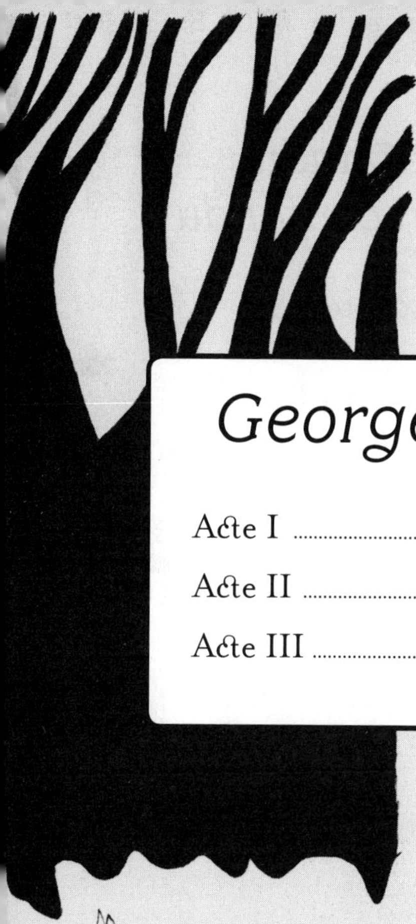

George Dandin

George Dandin ou le mari confondu

LES PERSONNAGES

GEORGE DANDIN, *riche paysan, mari d'Angélique.*

ANGÉLIQUE, *femme de George Dandin et fille de M. de Sotenville.*

M. DE SOTENVILLE, *gentilhomme campagnard, père d'Angélique.*

Mme DE SOTENVILLE, *sa femme.*

CLITANDRE, *gentilhomme, amant*[1] *d'Angélique.*

CLAUDINE, *suivante d'Angélique.*

LUBIN, *paysan au service de Clitandre.*

COLIN, *valet de George Dandin.*

La scène est devant la maison de George Dandin.

1. **Amant** : « Celui qui aime d'une passion violente & amoureuse » (*Dictionnaire universel* de Furetière, 1690) ; amoureux.

Acte I

SCÈNE 1 – GEORGE DANDIN

GEORGE DANDIN. – Ah ! qu'une femme demoiselle[1] est une étrange affaire, et que mon mariage est une leçon bien parlante à tous les paysans qui veulent s'élever au-dessus de leur condition[2], et s'allier, comme j'ai fait, à la maison d'un gentilhomme[3] ! La noblesse de soi[4] est bonne, c'est une chose considérable[5] assurément ; mais elle est accompagnée de tant de mauvaises circonstances[6], qu'il est très bon de ne s'y point frotter. Je suis devenu là-dessus savant à mes dépens, et connais le style[7] des nobles lorsqu'ils nous font, nous autres, entrer dans leur famille. L'alliance qu'ils font est petite avec nos personnes : c'est notre bien[8] seul qu'ils épousent, et j'aurais bien mieux fait, tout riche que je suis, de m'allier en bonne et franche paysannerie[9], que de prendre une femme qui se tient[10] au-dessus de moi, s'offense de porter mon nom, et pense qu'avec tout mon bien je n'ai pas assez acheté la qualité de son mari[11]. George Dandin, George

1. **Demoiselle** : de naissance noble.
2. **Condition** : classe sociale, état.
3. **À la maison d'un gentilhomme** : à une famille noble.
4. **De soi** : en soi.
5. **Considérable** : « Qui doit être estimé, remarqué pour son prix, pour sa qualité, pour son mérite, qui se fait distinguer des autres. » (*Dictionnaire universel* de Furetière, 1690).
6. **Mauvaises circonstances** : particularités détestables.
7. **Le style** : la manière, la façon d'agir.
8. **Notre bien** : notre argent.
9. **De m'allier en bonne et franche paysannerie** : de faire un mariage en accord avec ma condition de paysan.
10. **Se tient** : s'estime.
11. **Qu'avec tout mon bien je n'ai pas assez acheté la qualité de son mari** : que tout mon argent n'a pas suffi pour acheter l'honneur d'être son mari.

Dandin, vous avez fait une sottise la plus grande du monde. Ma maison m'est effroyable maintenant, et je n'y rentre point sans y trouver quelque chagrin[1].

SCÈNE 2 – GEORGE DANDIN, LUBIN

GEORGE DANDIN, *voyant sortir Lubin de chez lui.* – Que diantre ce drôle-là[2] vient-il faire chez moi ?

LUBIN, *à part, apercevant George Dandin.* – Voilà un homme qui me regarde.

GEORGE DANDIN, *à part.* – Il ne me connaît pas.

LUBIN. – Il se doute de quelque chose.

GEORGE DANDIN. – Ouais ! il a grand-peine à saluer.

LUBIN. – J'ai peur qu'il n'aille dire qu'il m'a vu sortir de là-dedans.

GEORGE DANDIN. – Bonjour.

LUBIN. – Serviteur.

GEORGE DANDIN. – Vous n'êtes pas d'ici, que je crois ?

LUBIN. – Non, je n'y suis venu que pour voir la fête de demain●.

GEORGE DANDIN. – Hé ! dites-moi un peu, s'il vous plaît, vous venez de là-dedans ?

LUBIN. – Chut !

GEORGE DANDIN. – Comment ?

LUBIN. – Paix !

GEORGE DANDIN. – Quoi donc ?

LUBIN. – Motus ![3] Il ne faut pas dire que vous m'ayez vu sortir de là.

1. **Chagrin** : motif de colère ou de tristesse.
2. **Que diantre ce drôle-là** : que diable cet individu.
3. **Motus !** : Silence !

● **Voir la rubrique Textes et Images, « Le spectacle de cour », Document 3, p. 102.**

GEORGE DANDIN. – Pourquoi ?

LUBIN. – Mon Dieu ! parce...[1]

GEORGE DANDIN. – Mais encore ?

LUBIN. – Doucement. J'ai peur qu'on ne nous écoute.

GEORGE DANDIN. – Point, point.

LUBIN. – C'est que je viens de parler à la maîtresse du logis, de la part d'un certain monsieur qui lui fait les doux yeux, et il ne faut pas qu'on sache cela. Entendez-vous[2] ?

GEORGE DANDIN. – Oui.

LUBIN. – Voilà la raison. On m'a enchargé[3] de prendre garde que personne ne me vît, et je vous prie au moins de ne pas dire que vous m'ayez vu.

GEORGE DANDIN. – Je n'ai garde[4].

LUBIN. – Je suis bien aise[5] de faire les choses secrètement comme on m'a recommandé.

GEORGE DANDIN. – C'est bien fait.

LUBIN. – Le mari, à ce qu'ils disent, est un jaloux qui ne veut pas qu'on fasse l'amour[6] à sa femme, et il ferait le diable à quatre[7] si cela venait à ses oreilles : vous comprenez bien ?

GEORGE DANDIN. – Fort bien.

LUBIN. – Il ne faut pas qu'il sache rien[8] de tout ceci.

GEORGE DANDIN. – Sans doute.

1. **Parce** : parce que.
2. **Entendez-vous** : comprenez-vous.
3. **Enchargé** : chargé.
4. **Je n'ai garde** : « On dit qu'*on n'a garde de faire telle ou telle chose*, pour dire qu'*on n'a pas la volonté ou le pouvoir de la faire, qu'on en est bien éloigné* » (*Dictionnaire universel* de Furetière, 1690).
5. **Aise** : content.
6. **Fasse l'amour** : fasse la cour, courtise.
7. **Il ferait le diable à quatre** : il se mettrait terriblement en colère.
8. **Qu'il sache rien** : qu'il sache quoi que ce soit.

LUBIN. – On le veut tromper tout doucement : vous entendez bien ?

GEORGE DANDIN. – Le mieux du monde.

LUBIN. – Si vous alliez dire que vous m'avez vu sortir de chez lui, vous gâteriez[1] toute l'affaire : vous comprenez bien ?

GEORGE DANDIN. – Assurément. Hé ! comment nommez-vous celui qui vous a envoyé là-dedans ?

LUBIN. – C'est le seigneur de notre pays, Monsieur le Vicomte de chose... Foin ! je ne me souviens jamais comment diantre ils baragouinent[2] ce nom-là, Monsieur Cli... Clitandre.

GEORGE DANDIN. – Est-ce ce jeune courtisan qui demeure...

LUBIN. – Oui : auprès de ces arbres.

GEORGE DANDIN, *à part*. – C'est pour cela que depuis peu ce damoiseau poli[3] s'est venu loger contre moi ; j'avais bon nez sans doute, et son voisinage déjà m'avait donné quelque soupçon.

LUBIN. – Testigué [4] ! c'est le plus honnête homme que vous ayez jamais vu. Il m'a donné trois pièces d'or● pour aller dire seulement à la femme qu'il est amoureux d'elle, et qu'il souhaite fort l'honneur de pouvoir lui parler. Voyez s'il y a là une grande fatigue pour me payer si bien, et ce qu'est au prix de cela une journée de travail où je ne gagne que dix sols.

GEORGE DANDIN. – Hé bien ! avez-vous fait votre message ?

LUBIN. – Oui, j'ai trouvé là-dedans une certaine Claudine, qui tout du premier coup a compris ce que je voulais, et qui m'a fait parler à sa maîtresse.

1. **Gâteriez** : compromettriez, mettriez en péril.
2. **Baragouinent** : prononcent.
3. **Damoiseau poli** : jeune homme élégant (et galant).
4. **Testigué / Testiguiéne** : juron de la campagne typique dans les comédies ; c'est une sorte de gros mot. De même que *Morgué ! Morguéne ! Tubleu !* etc.

● **Vers 1650, le louis d'or valait 200 sols donc 3 pièces d'or faisaient 600 sols.**

« Il ne faut pas qu'il sache rien de tout ceci. » *George Dandin.* (Page 119, col. 1.)

Illustration pour George Dandin, *dessin de Jules Worms (1863).*

GEORGE DANDIN, *à part.* – Ah ! coquine de servante !

LUBIN. – Morguéne ! cette Claudine est tout à fait jolie, elle a gagné mon amitié[1], et il ne tiendra qu'à elle que nous ne soyons mariés ensemble.

GEORGE DANDIN. – Mais quelle réponse a fait la maîtresse à ce Monsieur le courtisan ?

LUBIN. – Elle m'a dit de lui dire… attendez, je ne sais si je me souviendrai bien de tout cela… qu'elle lui est tout à fait obligée[2] de l'affection qu'il a pour elle, et qu'à cause de son mari, qui est fantasque[3], il garde d'en rien faire paraître, et qu'il faudra songer à chercher quelque invention pour se pouvoir entretenir tous deux[4].

GEORGE DANDIN, *à part.* – Ah ! pendarde de femme[5] !

LUBIN. – Testiguiéne ! cela sera drôle ; car le mari ne se doutera point de la manigance, voilà ce qui est de bon ; et il aura un pied de nez avec sa jalousie : est-ce pas ?

GEORGE DANDIN. – Cela est vrai.

LUBIN. – Adieu. Bouche cousue au moins. Gardez bien le secret, afin que le mari ne le sache pas.

GEORGE DANDIN. – Oui, oui.

LUBIN. – Pour moi, je vais faire semblant de rien : je suis un fin matois, et l'on ne dirait pas que j'y touche[6].

1. **Amitié** : affection.
2. **Obligée** : reconnaissante.
3. **Fantasque** : imprévisible.
4. **Invention pour se pouvoir entretenir tous deux** : stratagème pour pouvoir se rencontrer et se parler tous les deux.
5. **Pendarde de femme !** : femme digne d'être pendue ! Il s'agit d'une injure.
6. **Je suis un fin matois et l'on ne dirait pas que j'y touche** : je suis un homme rusé et j'ai l'air parfaitement innocent.

SCÈNE 3 – GEORGE DANDIN

GEORGE DANDIN, *seul*●. – Hé bien ! George Dandin, vous voyez de quel air[1] votre femme vous traite. Voilà ce que c'est d'avoir voulu épouser une demoiselle : l'on vous accommode de toutes pièces[2], sans que vous puissiez vous venger, et la gentilhommerie[3] vous tient les bras liés. L'égalité de condition laisse du moins à l'honneur d'un mari liberté de ressentiment[4] ; et si c'était une paysanne, vous auriez maintenant toutes vos coudées franches à vous en faire la justice à bons coups de bâton. Mais vous avez voulu tâter de la noblesse, et il vous ennuyait d'être maître chez vous. Ah ! j'enrage de tout mon cœur, et je me donnerais volontiers des soufflets[5]. Quoi ? écouter impudemment l'amour d'un damoiseau, et y promettre en même temps de la correspondance[6] ! Morbleu ! je ne veux point laisser passer une occasion de la sorte. Il me faut de ce pas aller faire mes plaintes au père et à la mère, et les rendre témoins, à telle fin que de raison[7] des sujets de chagrin et de ressentiment que leur fille me donne. Mais les voici l'un et l'autre fort à propos.

1. **De quel air** : de quelle manière.
2. **Accommode de toutes pièces** : maltraite (ridiculise).
3. **Gentilhommerie** : la qualité de gentilhomme (le fait qu'Angélique soit noble).
4. **Ressentiment** : rancune, vengeance.
5. **Soufflets** : gifles.
6. **De la correspondance** : de la réciprocité.
7. **À telle fin que de raison** : à toutes fins utiles, dans la pensée que cela pourra être utile (pour obtenir une réparation).

● **Après celui de la scène 1, ce second monologue nous replonge dans l'intimité de George Dandin. Les deux passages ont en commun de montrer un personnage hors de lui (en crise) et de prendre la forme d'un dialogue fictif entre un « je » et un « vous ».**

SCÈNE 4 – MONSIEUR ET MADAME DE SOTENVILLE, GEORGE DANDIN

MONSIEUR DE SOTENVILLE. – Qu'est-ce, mon gendre ? vous me paraissez tout troublé.

GEORGE DANDIN. – Aussi en ai-je du sujet[1], et...

MADAME DE SOTENVILLE. – Mon Dieu ! notre gendre, que vous avez peu de civilité[2] de ne pas saluer les gens quand vous les approchez !

GEORGE DANDIN. – Ma foi ! ma belle-mère, c'est que j'ai d'autres choses en tête, et...

MADAME DE SOTENVILLE. – Encore ! Est-il possible, notre gendre, que vous sachiez si peu votre monde[3], et qu'il n'y ait pas moyen de vous instruire de la manière qu'il faut vivre parmi les personnes de qualité[4] ?

GEORGE DANDIN. – Comment ?

MADAME DE SOTENVILLE. – Ne vous déferez-vous[5] jamais avec moi de la familiarité de ce mot de « belle-mère », et ne sauriez-vous vous accoutumer à me dire « Madame » ?

GEORGE DANDIN. – Parbleu ! si vous m'appelez votre gendre, il me semble que je puis vous appeler ma belle-mère.

MADAME DE SOTENVILLE. – Il y a fort à dire, et les choses ne sont pas égales[6]. Apprenez, s'il vous plaît, que ce n'est pas à vous à vous servir de ce mot-là avec une personne de ma condition ;

1. **Aussi en ai-je du sujet** : effectivement, j'ai des raisons de l'être.
2. **Civilité** : politesse.
3. **Votre monde** : les bonnes manières, les usages des gens de la bonne société.
4. **Les personnes de qualité** : les nobles (périphrase).
5. **Déferez-vous** : débarrasserez-vous.
6. **Les choses ne sont pas égales** : nous ne sommes pas de la même condition sociale (de la même classe sociale, du même rang social).

que tout notre gendre que vous soyez, il y a grande différence de vous à nous, et que vous devez vous connaître[1].

MONSIEUR DE SOTENVILLE. – C'en est assez, mamour[2], laissons cela.

MADAME DE SOTENVILLE. – Mon Dieu ! Monsieur de Sotenville, vous avez des indulgences qui n'appartiennent qu'à vous, et vous ne savez pas vous faire rendre par les gens ce qui vous est dû.

MONSIEUR DE SOTENVILLE. – Corbleu[3] ! pardonnez-moi, on ne peut point me faire de leçons là-dessus, et j'ai su montrer en ma vie, par vingt actions de rigueur, que je ne suis point homme à démordre jamais d'une partie de mes prétentions. Mais il suffit de lui avoir donné un petit avertissement. Sachons un peu, mon gendre, ce que vous avez dans l'esprit.

GEORGE DANDIN. – Puisqu'il faut donc parler catégoriquement, je vous dirai, Monsieur de Sotenville, que j'ai lieu de...

MONSIEUR DE SOTENVILLE. – Doucement, mon gendre. Apprenez qu'il n'est pas respectueux d'appeler les gens par leur nom, et qu'à ceux qui sont au-dessus de nous il faut dire « Monsieur » tout court.

GEORGE DANDIN. – Hé bien ! Monsieur tout court, et non plus Monsieur de Sotenville, j'ai à vous dire que ma femme me donne...

MONSIEUR DE SOTENVILLE. – Tout beau[4] ! Apprenez aussi que vous ne devez pas dire « ma femme », quand vous parlez de notre fille.

1. **Vous connaître** : avoir conscience de votre infériorité sociale.
2. **Mamour** : mon amour (terme d'affection).
3. **Corbleu** : Corps de Dieu. Les jurons impliquant Dieu étaient jugés blasphématoires ; on déformait donc un peu l'expression...
4. **Tout beau** : doucement, du calme.

GEORGE DANDIN. – J'enrage. Comment ? ma femme n'est pas ma femme ?

MADAME DE SOTENVILLE. – Oui, notre gendre, elle est votre femme ; mais il ne vous est pas permis de l'appeler ainsi, et c'est tout ce que vous pourriez faire, si vous aviez épousé une de vos pareilles[1].

GEORGE DANDIN, *bas, à part.* – Ah ! George Dandin, où t'es-tu fourré ? *(Haut)* Eh ! de grâce, mettez, pour un moment, votre gentilhommerie à côté, et souffrez[2] que je vous parle maintenant comme je pourrai. Au diantre soit la tyrannie de toutes ces histoires-là ! *(À M. de Sotenville.)* Je vous dis donc que je suis mal satisfait de mon mariage.

MONSIEUR DE SOTENVILLE. – Et la raison, mon gendre ?

MADAME DE SOTENVILLE. – Quoi ? parler ainsi d'une chose dont vous avez tiré de si grands avantages ?

GEORGE DANDIN. – Et quels avantages, Madame, puisque Madame y a[3] ? L'aventure n'a pas été mauvaise pour vous, car sans moi vos affaires, avec votre permission, étaient fort délabrées, et mon argent a servi à reboucher d'assez bons trous ; mais moi, de quoi y ai-je profité, je vous prie, que d'un allongement de nom, et au lieu de George Dandin, d'avoir reçu par vous le titre de « Monsieur de la Dandinière » ?

MONSIEUR DE SOTENVILLE. – Ne comptez-vous rien[4], mon gendre, l'avantage d'être allié à la maison de Sotenville ?

1. **Une de vos pareilles** : une paysanne.
2. **Souffrez** : supportez, acceptez.
3. **Y a** : il y a, il convient de dire.
4. **Rien** : pour rien.

George Dandin, qui est un être inquiet au moi divisé, parle souvent seul (*cf.* les monologues des scènes 1 et 3, et la note p. 19) et s'apostrophe comme s'il s'adressait à un autre.

MADAME DE SOTENVILLE. – Et à celle de la Prudoterie, dont j'ai l'honneur d'être issue, maison où le ventre anoblit[1], et qui, par ce beau privilège, rendra vos enfants gentilshommes ?

GEORGE DANDIN. – Oui, voilà qui est bien, mes enfants seront gentilshommes ; mais je serai cocu●, moi, si l'on n'y met ordre.

MONSIEUR DE SOTENVILLE. – Que veut dire cela, mon gendre ?

GEORGE DANDIN. – Cela veut dire que votre fille ne vit pas comme il faut qu'une femme vive, et qu'elle fait des choses qui sont contre l'honneur.

MADAME DE SOTENVILLE. – Tout beau ! prenez garde à ce que vous dites. Ma fille est d'une race trop pleine de vertu pour se porter jamais[2] à faire aucune chose dont l'honnêteté soit blessée ; et de la maison de la Prudoterie il y a plus de trois cents ans qu'on n'a point remarqué qu'il y ait eu de femme, Dieu merci, qui ait fait parler d'elle.

MONSIEUR DE SOTENVILLE. – Corbleu ! dans la maison de Sotenville on n'a jamais vu de coquette[3], et la bravoure n'y est pas plus héréditaire aux mâles que la chasteté aux femelles●.

MADAME DE SOTENVILLE. – Nous avons eu une Jacqueline de la Prudoterie qui ne voulut jamais être la maîtresse d'un duc et pair[4], gouverneur de notre province.

1. **Maison où le ventre anoblit** : famille où c'est la mère qui transmet la noblesse (à ses enfants). Voir L'Enquête p. 108.
2. **Pour se porter jamais** : pour se laisser aller.
3. **Coquette** : femme infidèle.
4. **Pair** : distinction honorifique (du lat. *par* « égal ») réservée aux plus grands seigneurs de France.

● **Autrement dit : le mariage que j'ai contracté honorera peut-être mes enfants mais en attendant, il va me couvrir de honte (un cocu ou un cornard est un mari dont l'épouse est infidèle).**

● **Pétri de certitudes et de préjugés, monsieur de Sotenville est persuadé que dans sa famille, la vertu se transmet aux femmes comme le courage aux hommes.**

MONSIEUR DE SOTENVILLE. – Il y a eu une Mathurine de Sotenville qui refusa vingt mille écus d'un favori du Roi, qui ne lui demandait seulement que la faveur de lui parler.

GEORGE DANDIN. – Ho bien ! votre fille n'est pas si difficile que cela, et elle s'est apprivoisée depuis qu'elle est chez moi.

MONSIEUR DE SOTENVILLE. – Expliquez-vous, mon gendre. Nous ne sommes point gens à la supporter[1] dans de mauvaises actions, et nous serons les premiers, sa mère et moi, à vous en faire la justice[2].

MADAME DE SOTENVILLE. – Nous n'entendons point raillerie[3] sur les matières de l'honneur, et nous l'avons élevée dans toute la sévérité possible.

GEORGE DANDIN. – Tout ce que je vous puis dire, c'est qu'il y a ici un certain courtisan que vous avez vu, qui est amoureux d'elle à ma barbe, et qui lui a fait faire des protestations[4] d'amour qu'elle a très humainement[5] écoutées.

MADAME DE SOTENVILLE. – Jour de Dieu ! je l'étranglerais de mes propres mains, s'il fallait qu'elle forlignât de l'honnêteté de sa mère[6].

MONSIEUR DE SOTENVILLE. – Corbleu ! je lui passerais mon épée au travers du corps, à elle et au galant[7], si elle avait forfait[8] à son honneur.

1. **Supporter** : soutenir.
2. **À vous en faire la justice** : à vous donner raison.
3. **Nous n'entendons point raillerie** : nous ne plaisantons pas.
4. **Protestations** : déclarations.
5. **Très humainement** : sans aucune sévérité, avec bonté et bonne volonté.
6. **Forlignât de l'honnêteté de sa mère** : s'écartât de la fidélité de sa mère.
7. **Au galant** : à l'amoureux, au coureur de jupons.
8. **Forfait** : manqué.

GEORGE DANDIN. – Je vous ai dit ce qui se passe pour vous faire mes plaintes, et je vous demande raison de[1] cette affaire-là.

MONSIEUR DE SOTENVILLE. – Ne vous tourmentez point, je vous la ferai de tous deux[2], et je suis homme pour serrer le bouton à qui que ce puisse être[3]. Mais êtes-vous bien sûr aussi de ce que vous nous dites ?

GEORGE DANDIN. – Très sûr.

MONSIEUR DE SOTENVILLE. – Prenez bien garde au moins ; car, entre gentilshommes, ce sont des choses chatouilleuses[4], et il n'est pas question d'aller faire ici un pas de clerc[5].

GEORGE DANDIN. – Je ne vous ai rien dit, vous dis-je, qui ne soit véritable.

MONSIEUR DE SOTENVILLE. – Mamour, allez-vous-en parler à votre fille, tandis qu'avec mon gendre j'irai parler à l'homme.

MADAME DE SOTENVILLE. – Se pourrait-il, mon fils[6], qu'elle s'oubliât de la sorte, après le sage exemple que vous savez vous-même que je lui ai donné ?

MONSIEUR DE SOTENVILLE. – Nous allons éclaircir l'affaire. Suivez-moi, mon gendre, et ne vous mettez pas en peine. Vous verrez de quel bois nous nous chauffons lorsqu'on s'attaque à ceux qui nous peuvent appartenir[7].

GEORGE DANDIN. – Le voici qui vient vers nous.

1. **Je vous demande raison de** : je vous demande justice (réparation) à propos de.
2. **Je vous la ferai de tous deux** : je vous ferai justice à tous les deux, je vous jugerai tous les deux.
3. **Pour serrer le bouton à qui que ce puisse être** : à soumettre à ma volonté (contraindre, dompter) qui que ce soit. La locution « serrer le bouton » (« serrer la bride ») appartient au vocabulaire de l'équitation.
4. **Chatouilleuses** : délicates.
5. **Un pas de clerc** : un faux pas, une gaffe.
6. **Mon fils** : mon mari (terme d'affection).
7. **À ceux qui nous peuvent appartenir** : à ceux qui nous sont liés.

SCÈNE 5 – MONSIEUR DE SOTENVILLE, CLITANDRE, GEORGE DANDIN

MONSIEUR DE SOTENVILLE. – Monsieur, suis-je connu de vous ?

CLITANDRE. – Non pas, que je sache, Monsieur.

MONSIEUR DE SOTENVILLE. – Je m'appelle le baron de Sotenville.

CLITANDRE. – Je m'en réjouis fort.

MONSIEUR DE SOTENVILLE. – Mon nom est connu à la cour, et j'eus l'honneur dans ma jeunesse de me signaler des premiers à l'arrière-ban● de Nancy.

CLITANDRE. – À la bonne heure.

MONSIEUR DE SOTENVILLE. – Monsieur, mon père Jean-Gilles de Sotenville eut la gloire d'assister en personne au grand siège de Montauban●.

CLITANDRE. – J'en suis ravi.

MONSIEUR DE SOTENVILLE. – Et j'ai eu un aïeul, Bertrand de Sotenville, qui fut si considéré en son temps que d'avoir permission[1] de vendre tout son bien pour le voyage d'outre-mer[2].

1. **Que d'avoir permission** : qu'il eut la permission.
2. **Le voyage d'outre-mer** : une croisade.

● **Dans le système féodal, les vassaux du roi constituaient le ban ; les vassaux des vassaux formaient l'arrière-ban et servaient de réserve militaire. Toute la petite noblesse des environs de Nancy avait été appelée en renfort par Louis XIII (père de Louis XIV) pour soutenir la garnison du duc de Lorraine en 1635 (33 ans avant *George Dandin*). M. de Sotenville a donc une cinquantaine d'années, ce qui est beaucoup pour l'époque.**

● **Ce siège fut mené en 1621 par Louis XIII et reste dans l'histoire pour avoir été un désastre, la cité protestante ayant héroïquement résisté.**

CLITANDRE. – Je le veux croire.

MONSIEUR DE SOTENVILLE. – Il m'a été rapporté, Monsieur, que vous aimez et poursuivez une jeune personne, qui est ma fille, pour laquelle je m'intéresse[1], et pour l'homme *(montrant George Dandin)* que vous voyez, qui a l'honneur d'être mon gendre.

CLITANDRE. – Qui ? moi ?

1. **Pour laquelle je m'intéresse** : pour qui je m'inquiète.

MONSIEUR DE SOTENVILLE. – Oui ; et je suis bien aise[1] de vous parler, pour tirer de vous, s'il vous plaît, un éclaircissement de cette affaire.

CLITANDRE. – Voilà une étrange médisance ! Qui vous a dit cela, Monsieur ?

MONSIEUR DE SOTENVILLE. – Quelqu'un qui croit le bien savoir.

CLITANDRE. – Ce quelqu'un-là en a menti. Je suis honnête homme[2]. Me croyez-vous capable, Monsieur, d'une action aussi lâche que celle-là ? Moi, aimer une jeune et belle personne qui a l'honneur d'être la fille de Monsieur le baron de Sotenville ! je vous révère[3] trop pour cela, et suis trop votre serviteur. Quiconque vous l'a dit est un sot.

MONSIEUR DE SOTENVILLE. – Allons, mon gendre.

GEORGE DANDIN. – Quoi ?

CLITANDRE. – C'est un coquin et un maraud[4].

MONSIEUR DE SOTENVILLE, *à George Dandin.* – Répondez.

GEORGE DANDIN. – Répondez vous-même.

CLITANDRE. – Si je savais qui ce peut être, je lui donnerais, en votre présence, de l'épée dans le ventre.

MONSIEUR DE SOTENVILLE, *à George Dandin.* – Soutenez donc la chose[5].

GEORGE DANDIN. – Elle est toute soutenue. Cela est vrai.

CLITANDRE. – Est-ce votre gendre, Monsieur, qui...

MONSIEUR DE SOTENVILLE. – Oui, c'est lui-même qui s'en est plaint à moi.

1. **Aise** : content.
2. **Honnête homme** : un homme cultivé, noble par la naissance et les sentiments.
3. **Révère** : respecte.
4. **C'est un coquin et un maraud** : c'est une canaille et un vaurien (insultes).
5. **Soutenez donc la chose** : défendez-vous.

CLITANDRE. – Certes, il peut remercier l'avantage qu'il a de vous appartenir ; et, sans cela, je lui apprendrais bien à tenir de pareils discours d'une personne comme moi●.

SCÈNE 6 – MONSIEUR ET MADAME DE SOTENVILLE, ANGÉLIQUE, CLITANDRE, GEORGE DANDIN, CLAUDINE

MADAME DE SOTENVILLE. – Pour ce qui est de cela, la jalousie est une étrange chose ! J'amène ici ma fille pour éclaircir l'affaire en présence de tout le monde.

CLITANDRE, *à Angélique.* – Est-ce donc vous, Madame, qui avez dit à votre mari que je suis amoureux de vous ?

ANGÉLIQUE. – Moi ? Et comment lui aurais-je dit ? Est-ce que cela est ? Je voudrais bien le voir, vraiment, que vous fussiez amoureux de moi ! Jouez-vous-y[1], je vous en prie, vous trouverez à qui parler. C'est une chose que je vous conseille de faire. Ayez recours, pour voir, à tous les détours[2] des amants : essayez un peu, par plaisir, à m'envoyer des ambassades[3], à m'écrire secrètement de petits billets doux, à épier les moments que mon mari n'y sera pas, ou le temps que je sortirai, pour me parler de votre

1. **Jouez-vous-y** : amusez-vous à l'être.
2. **Détours** : stratagèmes, procédés.
3. **Ambassades** : une ambassade « signifie, en termes familiers, un petit message qu'on fait faire par un amy, ou par un domestique pour quelque petite négociation, & particulièrement d'amour » (*Dictionnaire universel* de Furetière, 1690).

● **Clitandre, appartenant à la race des seigneurs, est parfaitement en droit d'infliger une humiliante volée de coups de bâton au méprisable vilain (du latin *villanus* « habitant de la campagne *(villa)* ») qu'est George Dandin. Il prétend se retenir pour faire plaisir à M. de Sotenville...**

amour. Vous n'avez qu'à y venir, je vous promets que vous serez reçu comme il faut.

CLITANDRE. – Hé ! là, là, Madame, tout doucement. Il n'est pas nécessaire de me faire tant de leçons, et de vous tant scandaliser. Qui vous dit que je songe à vous aimer ?

ANGÉLIQUE. – Que sais-je, moi, ce qu'on me vient conter ici ?

CLITANDRE. – On dira ce que l'on voudra ; mais vous savez si je vous ai parlé d'amour, lorsque je vous ai rencontrée.

ANGÉLIQUE. – Vous n'aviez qu'à le faire, vous auriez été bien venu.

CLITANDRE. – Je vous assure qu'avec moi vous n'avez rien à craindre ; que je ne suis point homme à donner du chagrin[1] aux belles ; et que je vous respecte trop, et vous et Messieurs vos parents, pour avoir la pensée d'être amoureux de vous.

MADAME DE SOTENVILLE, *à George Dandin*. – Hé bien ! vous le voyez.

MONSIEUR DE SOTENVILLE. – Vous voilà satisfait, mon gendre. Que dites-vous à cela ?

GEORGE DANDIN. – Je dis que ce sont là des contes à dormir debout ; que je sais bien ce que je sais, et que tantôt, puisqu'il faut parler, elle a reçu une ambassade de sa part.

ANGÉLIQUE. – Moi, j'ai reçu une ambassade ?

CLITANDRE. – J'ai envoyé une ambassade ?

ANGÉLIQUE. – Claudine.

CLITANDRE, *à Claudine*. – Est-il vrai ?

CLAUDINE. – Par ma foi, voilà une étrange fausseté !

1. **Du chagrin** : de l'irritation.

GEORGE DANDIN. – Taisez-vous, carogne[1] que vous êtes. Je sais de vos nouvelles, et c'est vous qui tantôt avez introduit le courrier[2].

CLAUDINE. – Qui, moi ?

GEORGE DANDIN. – Oui, vous. Ne faites point tant la sucrée[3].

CLAUDINE. – Hélas ! que le monde aujourd'hui est rempli de méchanceté, de m'aller soupçonner ainsi, moi qui suis l'innocence même !

GEORGE DANDIN. – Taisez-vous, bonne pièce. Vous faites la sournoise ; mais je vous connais il y a longtemps, et vous êtes une dessalée[4].

CLAUDINE, *à Angélique*. – Madame, est-ce que... ?

GEORGE DANDIN. – Taisez-vous, vous dis-je, vous pourriez bien porter la folle enchère de tous les autres[5] et vous n'avez point de père gentilhomme.

ANGÉLIQUE. – C'est une imposture[6] si grande, et qui me touche si fort au cœur, que je ne puis pas même avoir la force d'y répondre. Cela est bien horrible d'être accusée par un mari lorsqu'on ne lui fait rien qui ne soit à faire. Hélas ! si je suis blâmable de quelque chose, c'est d'en user trop bien avec lui.

CLAUDINE. – Assurément.

ANGÉLIQUE. – Tout mon malheur est de le trop considérer ; et plût au Ciel que je fusse capable de souffrir, comme il dit, les galanteries de quelqu'un ! Je ne serais pas tant à plaindre. Adieu : je me retire, et je ne puis plus endurer qu'on m'outrage de cette sorte.

1. **Carogne** : charogne, pourriture (insulte).
2. **Courrier** : messager.
3. **La sucrée** : la mielleuse.
4. **Bonne pièce. Vous faites la sournoise [...] et vous êtes une dessalée** : espèce d'hypocrite. Vous jouez l'innocente [...] et vous êtes une dévergondée.
5. **Porter la folle enchère de tous les autres** : payer pour tous les autres.
6. **Imposture** : contre-vérité.

MADAME DE SOTENVILLE, *à George Dandin.* – Allez, vous ne méritez pas l'honnête femme[1] qu'on vous a donnée.

CLAUDINE. – Par ma foi ! il mériterait qu'elle lui fît dire vrai ; et si j'étais en sa place, je n'y marchanderais pas[2]. Oui, Monsieur, vous devez, pour le punir, faire l'amour à ma maîtresse. Poussez[3], c'est moi qui vous le dis, ce sera fort bien employé ; et je m'offre à vous y servir, puisqu'il m'en a déjà taxée[4]. *(Claudine sort.)*

MONSIEUR DE SOTENVILLE. – Vous méritez, mon gendre, qu'on vous dise ces choses-là ; et votre procédé met tout le monde contre vous.

MADAME DE SOTENVILLE. – Allez, songez à mieux traiter une demoiselle bien née[5], et prenez garde désormais à ne plus faire de pareilles bévues[6].

GEORGE DANDIN, *à part.* – J'enrage de bon cœur[7] d'avoir tort, lorsque j'ai raison.

CLITANDRE, *à M. de Sotenville.* – Monsieur, vous voyez comme j'ai été faussement accusé : vous êtes homme qui savez les maximes du point d'honneur[8] et je vous demande raison de l'affront qui m'a été fait.

MONSIEUR DE SOTENVILLE. – Cela est juste, et c'est l'ordre des procédés[9]. Allons, mon gendre, faites satisfaction[10] à Monsieur.

1. **L'honnête femme** : femme cultivée, noble par la naissance et les sentiments.
2. **Je n'y marchanderais pas** : je n'hésiterais pas.
3. **Poussez** : allez-y, poursuivez.
4. **Taxée** : accusée.
5. **Bien née** : de noble origine, de bonne famille.
6. **Bévues** : bêtises.
7. **De bon cœur** : sincèrement.
8. **Maximes du point d'honneur** : règles du code de l'honneur.
9. **Procédés** : usages (dans le domaine des affaires d'honneur).
10. **Faites satisfaction** : faites ce que vous êtes obligé de faire, réparez l'offense en faisant des excuses.

GEORGE DANDIN. – Comment satisfaction ?

MONSIEUR DE SOTENVILLE. – Oui, cela se doit dans les règles pour l'avoir à tort accusé.

GEORGE DANDIN. – C'est une chose, moi, dont je ne demeure pas d'accord[1], de l'avoir à tort accusé, et je sais bien ce que j'en pense.

MONSIEUR DE SOTENVILLE. – Il n'importe. Quelque pensée qui vous puisse rester, il a nié : c'est satisfaire les personnes, et l'on n'a nul droit de se plaindre de tout homme qui se dédit[2].

GEORGE DANDIN. – Si bien donc que si je le trouvais couché avec ma femme, il en serait quitte pour se dédire ?

MONSIEUR DE SOTENVILLE. – Point de raisonnement. Faites-lui les excuses que je vous dis.

GEORGE DANDIN. – Moi, je lui ferai encore des excuses après... ?

MONSIEUR DE SOTENVILLE. – Allons, vous dis-je. Il n'y a rien à balancer[3] et vous n'avez que faire d'avoir peur d'en trop faire, puisque c'est moi qui vous conduis.

GEORGE DANDIN. – Je ne saurais...

MONSIEUR DE SOTENVILLE. – Corbleu ! mon gendre, ne m'échauffez pas la bile[4] : je me mettrais avec lui contre vous. Allons, laissez-vous gouverner par moi.

GEORGE DANDIN, *à part.* – Ah ! George Dandin !

MONSIEUR DE SOTENVILLE. – Votre bonnet à la main, le premier : Monsieur est gentilhomme, et vous ne l'êtes pas.

GEORGE DANDIN, *à part, le bonnet à la main.* – J'enrage.

1. **Dont je ne demeure pas d'accord** : que je n'admets pas, que je n'accepte pas.
2. **Qui se dédit** : qui affirme n'être pas coupable.
3. **Balancer** : peser, calculer, hésiter.
4. **Ne m'échauffez pas la bile** : ne me mettez pas en colère.

MONSIEUR DE SOTENVILLE. – Répétez après moi : « Monsieur. »

GEORGE DANDIN. – « Monsieur. »

MONSIEUR DE SOTENVILLE. *(Il voit que son gendre fait difficulté de lui obéir.)* – « Je vous demande pardon. » Ah !

GEORGE DANDIN. – « Je vous demande pardon. »

MONSIEUR DE SOTENVILLE. – « Des mauvaises pensées que j'ai eues de vous. »

GEORGE DANDIN. – « Des mauvaises pensées que j'ai eues de vous. »

MONSIEUR DE SOTENVILLE. – « C'est que je n'avais pas l'honneur de vous connaître. »

GEORGE DANDIN. – « C'est que je n'avais pas l'honneur de vous connaître. »

MONSIEUR DE SOTENVILLE. – « Et je vous prie de croire. »

GEORGE DANDIN. – « Et je vous prie de croire. »

MONSIEUR DE SOTENVILLE. – « Que je suis votre serviteur. »

GEORGE DANDIN. – Voulez-vous que je sois serviteur d'un homme qui me veut faire cocu ?

MONSIEUR DE SOTENVILLE. *(Il le menace encore.)* – Ah !

CLITANDRE. – Il suffit, Monsieur.

MONSIEUR DE SOTENVILLE. – Non : je veux qu'il achève, et que tout aille dans les formes. « Que je suis votre serviteur. »

GEORGE DANDIN. – « Que je suis votre serviteur. »

CLITANDRE, *à George Dandin.* – Monsieur, je suis le vôtre de tout mon cœur, et je ne songe plus à ce qui s'est passé. *(À M. de Sotenville.)* Pour vous, Monsieur, je vous donne le bonjour, et suis fâché du petit chagrin[1] que vous avez eu.

1. **Chagrin** : souci.

MONSIEUR DE SOTENVILLE. – Je vous baise les mains[1] ; et quand il vous plaira, je vous donnerai le divertissement de courre un lièvre[2].

CLITANDRE. – C'est trop de grâce que vous me faites. *(Clitandre sort.)*

MONSIEUR DE SOTENVILLE. – Voilà, mon gendre, comme il faut pousser[3] les choses. Adieu. Sachez que vous êtes entré dans une famille qui vous donnera de l'appui, et ne souffrira point que l'on vous fasse aucun affront●.

SCÈNE 7 – GEORGE DANDIN

GEORGE DANDIN, *seul.* – Ah ! que je... Vous l'avez voulu, vous l'avez voulu, George Dandin, vous l'avez voulu, cela vous sied[4] fort bien, et vous voilà ajusté[5] comme il faut ; vous avez justement ce que vous méritez. Allons, il s'agit seulement de désabuser[6] le père et la mère, et je pourrai trouver peut-être quelque moyen d'y réussir.

1. **Je vous baise les mains** : je vous remercie.
2. **Je vous donnerai le divertissement de courre un lièvre** : je vous offrirai le plaisir de chasser à cheval... un lièvre (et non un cerf).
3. **Pousser** : régler.
4. **Sied** : convient.
5. **Ajusté** : « On dit proverbialement & ironiquement, qu'un homme a été bien *ajusté*, mal *ajusté*, qu'il a été *ajusté* comme il faut, *ajusté* de toutes pièces, pour dire qu'il a été fort maltraité, soit en sa personne, soit en ses biens » (*Dictionnaire universel* de Furetière, 1690).
6. **Désabuser** : détromper.

● **M. de Sotenville, en tant que seigneur du village, rappelle à son vassal George Dandin qu'il le protège...**

Acte II

SCÈNE 1 – CLAUDINE, LUBIN

CLAUDINE. – Oui, j'ai bien deviné qu'il fallait que cela vînt de toi, et que tu l'eusses dit à quelqu'un qui l'ait rapporté à notre maître.

LUBIN. – Par ma foi ! je n'en ai touché qu'un petit mot en passant à un homme, afin qu'il ne dît point qu'il m'avait vu sortir, et il faut que les gens en ce pays-ci[1] soient de grands babillards[2].

CLAUDINE. – Vraiment, ce Monsieur le Vicomte a bien choisi son monde, que de te prendre pour son ambassadeur[3], et il s'est allé servir là d'un homme bien chanceux.

LUBIN. – Va, une autre fois je serai plus fin, et je prendrai mieux garde à moi.

CLAUDINE. – Oui, oui, il sera temps.

LUBIN. – Ne parlons plus de cela. Écoute.

CLAUDINE. – Que veux-tu que j'écoute ?

LUBIN. – Tourne un peu ton visage devers[4] moi.

CLAUDINE. – Hé bien, qu'est-ce ?

LUBIN. – Claudine.

CLAUDINE. – Quoi ?

LUBIN. – Hé ! là, ne sais-tu pas bien ce que je veux dire ?

CLAUDINE. – Non.

LUBIN. – Morgué ! je t'aime.

1. **En ce pays-ci** : dans ce village-là.
2. **Babillards** : bavards.
3. **Ambassadeur** : messager.
4. **Devers** : vers.

CLAUDINE. – Tout de bon[1] ?

LUBIN. – Oui, le diable m'emporte ! tu me peux croire, puisque j'en jure.

CLAUDINE. – À la bonne heure.

LUBIN. – Je me sens tout tribouiller[2] le cœur quand je te regarde.

CLAUDINE. – Je m'en réjouis.

LUBIN. – Comment est-ce que tu fais pour être si jolie ?

CLAUDINE. – Je fais comme font les autres.

LUBIN. – Vois-tu ? il ne faut point tant de beurre pour faire un quarteron[3] : si tu veux, tu seras ma femme, je serai ton mari, et nous serons tous deux mari et femme.

CLAUDINE. – Tu serais peut-être jaloux comme notre maître.

LUBIN. – Point.

CLAUDINE. – Pour moi, je hais les maris soupçonneux, et j'en veux un qui ne s'épouvante de rien, un si plein de confiance, et si sûr de ma chasteté, qu'il me vît sans inquiétude au milieu de trente hommes.

LUBIN. – Hé bien ! je serai tout comme cela.

CLAUDINE. – C'est la plus sotte chose du monde que de se défier d'une femme, et de la tourmenter. La vérité de l'affaire est qu'on n'y gagne rien de bon : cela nous fait songer à mal, et ce sont souvent les maris qui, avec leurs vacarmes, se font eux-mêmes ce qu'ils sont.

LUBIN. – Hé bien ! je te donnerai la liberté de faire tout ce qu'il te plaira.

1. **Tout de bon ?** : vraiment ?
2. **Tribouiller** : troubler.
3. **Il ne faut point tant de beurre pour faire un quarteron** : pas besoin de blablas pour faire une chose simple.

CLAUDINE. – Voilà comme il faut faire pour n'être point trompé. Lorsqu'un mari se met à notre discrétion[1], nous ne prenons de liberté que ce qu'il nous en faut, et il en est comme avec ceux qui nous ouvrent leur bourse et nous disent : « Prenez. » Nous en usons honnêtement, et nous nous contentons de la raison[2]. Mais ceux qui nous chicanent, nous nous efforçons de les tondre[3], et nous ne les épargnons point.

LUBIN. – Va, je serai de ceux qui ouvrent leur bourse, et tu n'as qu'à te marier avec moi.

CLAUDINE. – Hé bien, bien, nous verrons.

LUBIN. – Viens donc ici, Claudine.

CLAUDINE. – Que veux-tu ?

LUBIN. – Viens, te dis-je.

CLAUDINE. – Ah ! doucement : je n'aime pas les patineurs[4].

LUBIN. – Eh ! un petit brin d'amitié.

CLAUDINE. – Laisse-moi là, te dis-je : je n'entends pas raillerie.

LUBIN. – Claudine.

CLAUDINE, *repoussant Lubin.* – Ahy !

LUBIN. – Ah ! que tu es rude à pauvres gens. Fi ! que cela est malhonnête de refuser[5] les personnes ! N'as-tu point de honte d'être belle, et de ne vouloir pas qu'on te caresse ? Eh là !

CLAUDINE. – Je te donnerai sur le nez[6].

LUBIN. – Oh ! la farouche, la sauvage. Fi, pouah ! la vilaine, qui est cruelle.

1. **Se met à notre discrétion** : nous fait confiance.
2. **De la raison** : de ce qui est raisonnable.
3. **Ceux qui nous chicanent, nous nous efforçons de les tondre** : ceux qui nous surveillent, nous nous appliquons à les tromper. Autre sens possible : ceux qui nous querellent, nous leur prenons tout.
4. **Patineurs** : tripoteurs.
5. **Refuser** : repousser.
6. **Je te donnerai sur le nez** : je te taperai.

CLAUDINE. – Tu t'émancipes trop[1].

LUBIN. – Qu'est-ce que cela te coûterait de me laisser un peu faire ?

CLAUDINE. – Il faut que tu te donnes patience[2].

LUBIN. – Un petit baiser seulement, en rabattant[3] sur notre mariage.

CLAUDINE. – Je suis votre servante[4].

LUBIN. – Claudine, je t'en prie, sur l'et-tant-moins[5].

CLAUDINE. – Eh ! que nenni[6] : j'y ai déjà été attrapée. Adieu. Va-t'en, et dis à Monsieur le Vicomte que j'aurai soin de rendre son billet[7].

LUBIN. – Adieu, beauté rude ânière[8].

CLAUDINE. – Le mot est amoureux.

LUBIN. – Adieu, rocher, caillou, pierre de taille, et tout ce qu'il y a de plus dur au monde.

CLAUDINE, *seule.* – Je vais remettre aux mains de ma maîtresse... Mais la voici avec son mari : éloignons-nous, et attendons qu'elle soit seule.

1. **Tu t'émancipes trop** : tu prends trop de liberté.
2. **Que tu te donnes patience** : que tu prennes patience.
3. **En rabattant** : en anticipant (à titre d'acompte sur les baisers permis après le mariage).
4. **Je suis votre servante** : formule exprimant un refus ironique.
5. **Sur l'et-tant-moins** : en déduction des baisers permis après le mariage.
6. **Que nenni** : non.
7. **Rendre son billet** : remettre la lettre entre les mains de sa destinataire.
8. **Rude ânière** : brutale, sans cœur.

SCÈNE 2 – GEORGE DANDIN, ANGÉLIQUE, CLITANDRE

GEORGE DANDIN. – Non, non, on ne m'abuse[1] pas avec tant de facilité, et je ne suis que trop certain que le rapport que l'on m'a fait est véritable. J'ai de meilleurs yeux qu'on ne pense, et votre galimatias ne m'a point tantôt ébloui[2].

CLITANDRE, *au fond du théâtre.* – Ah ! la voilà ; mais le mari est avec elle.

GEORGE DANDIN, *sans voir Clitandre.* – Au travers de toutes vos grimaces, j'ai vu la vérité de ce que l'on m'a dit, et le peu de respect que vous avez pour le nœud qui nous joint[3]. *(Clitandre et Angélique se saluent.)* Mon Dieu ! laissez là votre révérence[4], ce n'est pas de ces sortes de respect dont je vous parle, et vous n'avez que faire de vous moquer[5].

ANGÉLIQUE. – Moi, me moquer ! En aucune façon.

GEORGE DANDIN. – Je sais votre pensée *(Clitandre et Angélique se resaluent.)* et connais... *(Clitandre et Angélique se saluent encore.)* Encore ? Ah ! ne raillons pas davantage ! Je n'ignore pas qu'à cause de votre noblesse vous me tenez fort au-dessous de vous, et le respect que je vous veux dire[6] ne regarde point ma personne : j'entends parler de celui que vous devez à des nœuds aussi vénérables que le sont ceux du mariage. *(Angélique fait signe à*

1. **M'abuse** : me trompe.
2. **Votre galimatias ne m'a point tantôt ébloui** : votre charabia de tout à l'heure ne m'a pas aveuglé (allusion à la tromperie de l'acte I, scène 6).
3. **Le nœud qui nous joint** : notre mariage.
4. **Laissez là votre révérence** : arrêtez vos salutations polies, vos courbettes.
5. **Vous n'avez que faire de vous moquer** : ce n'est pas le moment de vous moquer.
6. **Que je vous veux dire** : dont je vous parle.

Clitandre.) Il ne faut point lever les épaules, et je ne dis point de sottises.

ANGÉLIQUE. – Qui songe à lever les épaules ?

GEORGE DANDIN. – Mon Dieu ! nous voyons clair. Je vous dis encore une fois que le mariage est une chaîne à laquelle on doit porter toute sorte de respect, et que c'est fort mal fait à vous d'en user comme vous faites. *(Angélique fait signe de la tête à Clitandre.)* Oui, oui, mal fait à vous ; et vous n'avez que faire de hocher la tête, et de me faire la grimace.

ANGÉLIQUE. – Moi ! Je ne sais ce que vous voulez dire.

GEORGE DANDIN. – Je le sais fort bien, moi ; et vos mépris me sont connus. Si je ne suis pas né noble, au moins suis-je d'une race où il n'y a point de reproche ; et la famille des Dandin...

CLITANDRE, *derrière Angélique, sans être aperçu de Dandin.* – Un moment d'entretien.

GEORGE DANDIN, *sans voir Clitandre.* – Eh ?

ANGÉLIQUE. – Quoi ? Je ne dis mot.

GEORGE DANDIN, *tourne autour de sa femme, et Clitandre se retire en faisant une grande révérence à George Dandin.* – Le voilà qui vient rôder autour de vous.

ANGÉLIQUE. – Hé bien, est-ce ma faute ? Que voulez-vous que j'y fasse ?

GEORGE DANDIN. – Je veux que vous y fassiez ce que fait une femme qui ne veut plaire qu'à son mari. Quoi qu'on en puisse dire, les galants n'obsèdent jamais que quand[1] on le veut bien. Il y a un certain air doucereux qui les attire, ainsi que le miel fait

1. **Les galants n'obsèdent jamais que quand... :** les séducteurs ne viennent faire leur cour que si...

les mouches[1] ; et les honnêtes femmes ont des manières qui les savent chasser d'abord[2].

ANGÉLIQUE. – Moi, les chasser ? et par quelle raison ? Je ne me scandalise point qu'on me trouve bien faite[3], et cela me fait du plaisir.

GEORGE DANDIN. – Oui. Mais quel personnage voulez-vous que joue un mari pendant cette galanterie[4] ?

ANGÉLIQUE. – Le personnage d'un honnête homme qui est bien aise de voir sa femme considérée.

GEORGE DANDIN. – Je suis votre valet. Ce n'est pas là mon compte, et les Dandin ne sont point accoutumés à cette mode-là.

ANGÉLIQUE. – Oh ! les Dandin s'y accoutumeront s'ils veulent. Car pour moi, je vous déclare que mon dessein n'est pas de renoncer au monde, et de m'enterrer toute vive dans un mari. Comment ? parce qu'un homme s'avise de nous épouser, il faut d'abord que toutes choses soient finies pour nous, et que nous rompions tout commerce[5] avec les vivants ? C'est une chose merveilleuse que cette tyrannie de Messieurs les maris, et je les trouve bons de vouloir qu'on soit morte à tous les divertissements, et qu'on ne vive que pour eux. Je me moque de cela, et ne veux point mourir si jeune.

GEORGE DANDIN. – C'est ainsi que vous satisfaites aux engagements de la foi[6] que vous m'avez donnée publiquement ?

1. **Fait les mouches** : fait avec les mouches.
2. **D'abord** : immédiatement.
3. **Bien faite** : jolie.
4. **Galanterie** : intrigue sentimentale, liaison amoureuse.
5. **Nous rompions tout commerce** : nous cessions toute relation.
6. **Foi** : promesse de fidélité.

Deux autres jolies jeunes femmes coquettes tiennent des propos semblables chez Molière : Agnès dans *L'École des femmes* (1662) : « Le moyen de chasser ce qui fait du plaisir ? » (acte V, scène 4) et Célimène dans *Le Misanthrope* (1666) : « Puis-je empêcher les gens de me trouver aimable ? » (acte II, scène 1).

ANGÉLIQUE. – Moi ? Je ne vous l'ai point donnée de bon cœur, et vous me l'avez arrachée. M'avez-vous, avant le mariage, demandé mon consentement, et si je voulais bien de vous ? Vous n'avez consulté, pour cela, que mon père et ma mère ; ce sont eux proprement qui vous ont épousé, et c'est pourquoi vous ferez bien de vous plaindre toujours à eux des torts que l'on pourra vous faire. Pour moi, qui ne vous ai point dit de vous marier avec moi, et que vous avez prise sans consulter mes sentiments, je prétends n'être point obligée à me soumettre en esclave à vos volontés ; et je veux jouir, s'il vous plaît, de quelque nombre de beaux jours que m'offre la jeunesse, prendre les douces libertés que l'âge me permet, voir un peu le beau monde, et goûter le plaisir de m'ouïr[1] dire des douceurs. Préparez-vous-y, pour votre punition, et rendez grâce au Ciel de ce que je ne suis pas capable de quelque chose de pis[2].

GEORGE DANDIN. – Oui ! c'est ainsi que vous le prenez. Je suis votre mari, et je vous dis que je n'entends pas cela[3].

ANGÉLIQUE. – Moi je suis votre femme, et je vous dis que je l'entends.

GEORGE DANDIN, *à part*. – Il me prend des tentations d'accommoder tout son visage à la compote[4] et le mettre en état de ne plaire de sa vie aux diseurs de fleurettes. Ah ! allons, George Dandin ; je ne pourrais me retenir, et il vaut mieux quitter la place[5].

1. **M'ouïr** : m'entendre.
2. **Pis** : pire.
3. **Je n'entends pas cela** : je n'accepte pas cela.
4. **D'accommoder tout son visage à la compote** : de réduire son visage en bouillie.
5. **Quitter la place** : m'en aller.

SCÈNE 3 – CLAUDINE, ANGÉLIQUE

CLAUDINE. – J'avais, Madame, impatience qu'il s'en allât, pour vous rendre ce mot de la part que vous savez.

ANGÉLIQUE. – Voyons.

CLAUDINE, *à part.* – À ce que je puis remarquer, ce qu'on lui dit ne lui déplaît pas trop.

ANGÉLIQUE. – Ah ! Claudine, que ce billet s'explique d'une façon galante[1] ! Que dans tous leurs discours et dans toutes leurs actions les gens de cour ont un air agréable ! Et qu'est-ce que c'est auprès d'eux que nos gens de province ? *(Elle lit bas.)*

CLAUDINE. – Je crois qu'après les avoir vus, les Dandin ne vous plaisent guère.

ANGÉLIQUE. – Demeure ici : je m'en vais faire la réponse.

CLAUDINE, *seule.* – Je n'ai pas besoin, que je pense, de lui recommander de la faire agréable. Mais voici…

SCÈNE 4 – CLITANDRE, LUBIN, CLAUDINE

CLAUDINE. – Vraiment, Monsieur, vous avez pris là un habile messager.

CLITANDRE. – Je n'ai pas osé envoyer de mes gens[2]. Mais, ma pauvre Claudine, il faut que je te récompense des bons offices[3] que je sais que tu m'as rendus. *(Il fouille dans sa poche.)*

1. **Galante** : élégante et raffinée.
2. **Gens** : serviteurs.
3. **Bons offices** : services.

CLAUDINE. – Eh ! Monsieur, il n'est pas nécessaire. Non, Monsieur, vous n'avez que faire de vous donner cette peine-là ; et je vous rends service parce que vous le méritez, et que je me sens au cœur de l'inclination[1] pour vous.

CLITANDRE, *donnant de l'argent à Claudine.* – Je te suis obligé[2].

LUBIN, *à Claudine.* – Puisque nous serons mariés, donne-moi cela, que je le mette avec le mien.

CLAUDINE. – Je te le garde aussi bien que le baiser.

CLITANDRE, *à Claudine.* – Dis-moi, as-tu rendu mon billet[3] à ta belle maîtresse ?

CLAUDINE. – Oui, elle est allée y répondre.

CLITANDRE. – Mais, Claudine, n'y a-t-il pas moyen que je la puisse entretenir ?

CLAUDINE. – Oui : venez avec moi, je vous ferai parler à elle.

CLITANDRE. – Mais le trouvera-t-elle bon ? et n'y a-t-il rien à risquer ?

CLAUDINE. – Non, non : son mari n'est pas au logis ; et puis, ce n'est pas lui qu'elle a le plus à ménager, c'est son père et sa mère ; et pourvu qu'ils soient prévenus[4], tout le reste n'est point à craindre.

CLITANDRE. – Je m'abandonne à ta conduite[5].

LUBIN. – Testiguenne ! que j'aurai là une habile femme ! Elle a de l'esprit comme quatre.

1. **De l'inclination** : de l'attirance.
2. **Obligé** : reconnaissant.
3. **Rendu mon billet** : donné ma lettre.
4. **Prévenus** : bien disposés en sa faveur, influencés favorablement.
5. **Je m'abandonne à ta conduite** : je te laisse mener l'affaire.

SCÈNE 5 – GEORGE DANDIN, LUBIN

GEORGE DANDIN, *bas, à part.* – Voici mon homme de tantôt. Plût au Ciel qu'il pût se résoudre à vouloir rendre témoignage[1] au père et à la mère de ce qu'ils ne veulent point croire !

LUBIN. – Ah ! vous voilà, Monsieur le babillard, à qui j'avais tant recommandé de ne point parler, et qui me l'aviez tant promis. Vous êtes donc un causeur[2], et vous allez redire ce que l'on vous dit en secret ?

GEORGE DANDIN. – Moi ?

LUBIN. – Oui. Vous avez été tout rapporter au mari, et vous êtes cause qu'il a fait du vacarme. Je suis bien aise de savoir que vous avez de la langue, et cela m'apprendra à ne vous plus rien dire.

GEORGE DANDIN. – Écoute, mon ami.

LUBIN. – Si vous n'aviez point babillé, je vous aurais conté ce qui se passe à cette heure ; mais pour votre punition vous ne saurez rien du tout.

GEORGE DANDIN. – Comment ? qu'est-ce qui se passe ?

LUBIN. – Rien, rien. Voilà ce que c'est d'avoir causé : vous n'en tâterez plus[3], et je vous laisse sur la bonne bouche[4].

GEORGE DANDIN. – Arrête un peu.

1. **Rendre témoignage** : témoigner.
2. **Causeur** : bavard.
3. **Vous n'en tâterez plus** : vous ne tirerez plus rien de moi.
4. **Je vous laisse sur la bonne bouche** : « On dit qu'*on laisse les gens sur la bonne bouche*, quand on interrompt le discours à l'endroit qui est le meilleur, & qui est le plus attendu » (*Dictionnaire universel* de Furetière, 1690). Autrement dit : je vous laisse sur votre faim.

LUBIN. – Point.

GEORGE DANDIN. – Je ne te veux dire qu'un mot.

LUBIN. – Nennin, nennin. Vous avez envie de me tirer les vers du nez.

GEORGE DANDIN. – Non, ce n'est pas cela.

LUBIN. – Eh ! quelque sot[1]... Je vous vois venir.

GEORGE DANDIN. – C'est autre chose. Écoute.

LUBIN. – Point d'affaire[2]. Vous voudriez que je vous dise que Monsieur le Vicomte vient de donner de l'argent à Claudine, et qu'elle l'a mené chez sa maîtresse. Mais je ne suis pas si bête.

GEORGE DANDIN. – De grâce.

LUBIN. – Non.

GEORGE DANDIN. – Je te donnerai...

LUBIN. – Tarare ![3]

SCÈNE 6 – George Dandin

GEORGE DANDIN, *seul*. – Je n'ai pu me servir avec cet innocent de la pensée que j'avais[4] mais le nouvel avis[5] qui lui est échappé ferait[6] la même chose, et si le galant est chez moi, ce serait pour avoir raison[7] aux yeux du père et de la mère, et les convaincre pleinement de l'effronterie de leur fille. Le mal de tout ceci, c'est que

1. **Quelque sot** : je ne suis pas si sot (sous-entendu : un sot se laisserait berner, mais pas moi).
2. **Point d'affaire(s)** : non, peine perdue.
3. **Tarare !** : taratata ! (exclamation de refus)
4. **De la pensée que j'avais** : de l'idée que j'avais imaginée (voir le début de la scène 5).
5. **Avis** : renseignement, information.
6. **Ferait** : mènerait à...
7. **Ce serait pour avoir raison** : cela me donnerait raison.

je ne sais comment faire pour profiter d'un tel avis. Si je rentre chez moi, je ferai évader le drôle, et quelque chose que je puisse voir moi-même de mon déshonneur, je n'en serai point cru à mon serment[1], et l'on me dira que je rêve. Si, d'autre part, je vais quérir[2] beau-père et belle-mère sans être sûr de trouver chez moi le galant, ce sera la même chose, et je retomberai dans l'inconvénient de tantôt. Pourrais-je point m'éclaircir doucement[3] s'il y est encore ? *(Après avoir été regarder par le trou de la serrure.)* Ah Ciel ! il n'en faut plus douter, et je viens de l'apercevoir par le trou de la porte. Le sort me donne ici de quoi confondre ma partie[4] ; et pour achever l'aventure, il fait venir à point nommé les juges dont j'avais besoin.

SCÈNE 7 – MONSIEUR ET MADAME DE SOTENVILLE, GEORGE DANDIN

GEORGE DANDIN. – Enfin vous ne m'avez pas voulu croire tantôt, et votre fille l'a emporté sur moi ; mais j'ai en main de quoi vous faire voir comme elle m'accommode, et, Dieu merci ! mon déshonneur est si clair maintenant que vous n'en pourrez plus douter.

MONSIEUR DE SOTENVILLE. – Comment, mon gendre, vous en êtes encore là-dessus[5] ?

1. **Je n'en serai point cru à mon serment** : on ne me croira pas sur parole.
2. **Quérir** : chercher.
3. **Pourrais-je point m'éclaircir doucement** : ne pourrais-je pas vérifier discrètement.
4. **Confondre ma partie** : vaincre mes adversaires (vocabulaire juridique).
5. **Là-dessus** : sur ce sujet.

GEORGE DANDIN. – Oui, j'y suis, et jamais je n'eus tant de sujet d'y être.

MADAME DE SOTENVILLE. – Vous nous venez encore étourdir la tête ?

GEORGE DANDIN. – Oui, Madame, et l'on fait bien pis à la mienne[1].

MONSIEUR DE SOTENVILLE. – Ne vous lassez-vous point de vous rendre importun[2] ?

GEORGE DANDIN. – Non ; mais je me lasse fort d'être pris pour dupe.

MADAME DE SOTENVILLE. – Ne voulez-vous point vous défaire de vos pensées extravagantes ?

GEORGE DANDIN. – Non, Madame ; mais je voudrais bien me défaire d'une femme qui me déshonore.

MADAME DE SOTENVILLE. – Jour de Dieu ! notre gendre, apprenez à parler.

MONSIEUR DE SOTENVILLE. – Corbleu ! cherchez des termes moins offensants que ceux-là.

GEORGE DANDIN. – Marchand qui perd ne peut rire.

MADAME DE SOTENVILLE. – Souvenez-vous que vous avez épousé une demoiselle.

GEORGE DANDIN. – Je m'en souviens assez, et ne m'en souviendrai que trop.

MONSIEUR DE SOTENVILLE. – Si vous vous en souvenez, songez donc à parler d'elle avec plus de respect.

GEORGE DANDIN. – Mais que ne songe-t-elle plutôt à me traiter plus honnêtement ? Quoi ? parce qu'elle est demoiselle, il faut

1. **On fait bien pis à la mienne** : on fait bien pire à ma tête (sous-entendu : en lui faisant porter des cornes de cocu...).
2. **De vous rendre importun** : d'être insupportable.

qu'elle ait la liberté de me faire ce qui lui plaît, sans que j'ose souffler[1] ?

MONSIEUR DE SOTENVILLE. – Qu'avez-vous donc, et que pouvez-vous dire ? N'avez-vous pas vu ce matin qu'elle s'est défendue de connaître celui dont vous m'étiez venu parler ?

GEORGE DANDIN. – Oui. Mais vous, que pourrez-vous dire si je vous fais voir maintenant que le galant est avec elle ?

MADAME DE SOTENVILLE. – Avec elle ?

GEORGE DANDIN. – Oui, avec elle, et dans ma maison ?

MONSIEUR DE SOTENVILLE. – Dans votre maison ?

GEORGE DANDIN. – Oui, dans ma propre maison.

MADAME DE SOTENVILLE. – Si cela est, nous serons pour vous contre elle.

MONSIEUR DE SOTENVILLE. – Oui : l'honneur de notre famille nous est plus cher que toute chose ; et si vous dites vrai, nous la renoncerons pour notre sang[2], et l'abandonnerons à votre colère.

GEORGE DANDIN. – Vous n'avez qu'à me suivre.

MADAME DE SOTENVILLE. – Gardez de[3] vous tromper.

MONSIEUR DE SOTENVILLE. – N'allez pas faire comme tantôt.

GEORGE DANDIN. – Mon Dieu ! vous allez voir. Tenez, ai-je menti ?

1. **Souffler** : dire un mot, piper mot, protester.
2. **Nous la renoncerons pour notre sang** : nous la renierons.
3. **Gardez de** : évitez de.

SCÈNE 8 – ANGÉLIQUE, CLITANDRE, CLAUDINE, MONSIEUR ET MADAME DE SOTENVILLE, GEORGE DANDIN

ANGÉLIQUE, *à Clitandre.* – Adieu. J'ai peur qu'on vous surprenne ici, et j'ai quelques mesures à garder[1].

CLITANDRE. – Promettez-moi donc, Madame, que je pourrai vous parler cette nuit.

ANGÉLIQUE. – J'y ferai mes efforts.

GEORGE DANDIN, *à Monsieur et Madame de Sotenville.* – Approchons doucement par derrière, et tâchons de n'être point vus.

CLAUDINE. – Ah ! Madame, tout est perdu : voilà votre père et votre mère, accompagnés de votre mari.

CLITANDRE, *à part.* – Ah Ciel !

ANGÉLIQUE, *bas à Clitandre et à Claudine.* – Ne faites pas semblant de rien, et me laissez faire[2] tous deux. *(Haut à Clitandre.)* Quoi ? vous osez en user de la sorte, après l'affaire de tantôt, et c'est ainsi que vous dissimulez vos sentiments ? On me vient rapporter que vous avez de l'amour pour moi, et que vous faites des desseins de me solliciter[3] ; j'en témoigne mon dépit[4] et m'explique à vous clairement en présence de tout le monde ; vous niez hautement la chose, et me donnez parole[5] de n'avoir aucune pensée de m'offenser ; et cependant, le même jour, vous prenez la hardiesse de

1. **J'ai quelques mesures à garder** : je dois faire preuve de prudence, j'ai des précautions à prendre.
2. **Ne faites pas semblant de rien, et me laissez faire** : calmez-vous et laissez-moi faire.
3. **Vous faites des desseins de me solliciter** : vous projetez de me séduire.
4. **Dépit** : mécontentement.
5. **Vous niez hautement la chose et me donnez parole** : vous niez totalement la chose et me promettez sur l'honneur.

Ph. Lebas, Cl. Guedj, M. Pascal, Ch. Brücher et P.-Y. Desmonceaux *dans* George Dandin, *mise en scène d'Anne-Marie Lazarini, théâtre Artistic Athévains, Paris (2004).*

venir chez moi me rendre visite, de me dire que vous m'aimez, et de me faire cent sots contes pour me persuader de répondre à vos extravagances : comme si j'étais femme à violer la foi que j'ai donnée à un mari, et m'éloigner jamais de la vertu que mes parents m'ont enseignée. Si mon père savait cela, il vous apprendrait bien à tenter de ces entreprises. Mais une honnête femme n'aime point les éclats[1]. *(Après avoir fait signe à Claudine d'apporter un bâton.)* Je n'ai garde de lui en rien dire, et je veux vous montrer que, toute femme que je suis, j'ai assez de courage pour me venger moi-même des offenses que l'on me fait. L'action que vous avez faite n'est pas d'un gentilhomme, et ce n'est pas en

1. **Éclats** : scandales.

gentilhomme aussi que je veux vous traiter. *(Elle prend un bâton et bat son mari, au lieu de Clitandre, qui se met entre deux.)*

CLITANDRE, *criant comme s'il avait été frappé.* – Ah ! ah ! ah ! ah ! ah ! doucement. *(Puis il s'enfuit.)*

CLAUDINE. – Fort, Madame, frappez comme il faut.

ANGÉLIQUE, *faisant semblant de parler à Clitandre.* – S'il vous demeure quelque chose sur le cœur, je suis pour[1] vous répondre.

CLAUDINE. – Apprenez à qui vous vous jouez[2].

ANGÉLIQUE, *faisant l'étonnée.* – Ah mon père, vous êtes là !

MONSIEUR DE SOTENVILLE. – Oui, ma fille, et je vois qu'en sagesse et en courage tu te montres un digne rejeton de la maison de Sotenville. Viens çà[3], approche-toi que je t'embrasse.

MADAME DE SOTENVILLE. – Embrasse-moi aussi, ma fille. Las ![4] je pleure de joie, et reconnais mon sang aux choses que tu viens de faire●.

MONSIEUR DE SOTENVILLE. – Mon gendre, que vous devez être ravi, et que cette aventure est pour vous pleine de douceurs ! Vous aviez un juste sujet de vous alarmer ; mais vos soupçons se trouvent dissipés le plus avantageusement du monde.

MADAME DE SOTENVILLE. – Sans doute, notre gendre, et vous devez maintenant être le plus content des hommes.

CLAUDINE. – Assurément. Voilà une femme, celle-là. Vous êtes trop heureux de l'avoir, et vous devriez baiser les pas où elle passe.

GEORGE DANDIN, *à part.* – Euh ! traîtresse !

1. **Je suis pour** : je suis prête à...
2. **À qui vous vous jouez** : à qui vous vous frottez, à qui vous vous en prenez.
3. **Çà** : là.
4. **Las !** : hélas !

● **Cette façon de parler est celle, complètement démodée en 1668 (datant de la génération précédente, de la cour de Louis XIII), des tragédies héroïques de Corneille, par exemple : « Viens, mon fils, viens mon sang » (*Le Cid*, 1637).**

MONSIEUR DE SOTENVILLE. – Qu'est-ce, mon gendre ? Que ne remerciez-vous un peu votre femme de l'amitié que vous voyez qu'elle montre pour vous ?

ANGÉLIQUE. – Non, non, mon père, il n'est pas nécessaire. Il ne m'a aucune obligation de ce qu'il vient de voir, et tout ce que j'en fais n'est que pour l'amour de moi-même.

MONSIEUR DE SOTENVILLE. – Où allez-vous, ma fille ?

ANGÉLIQUE. – Je me retire, mon père, pour ne me voir point obligée à recevoir ses compliments.

CLAUDINE, *à George Dandin.* – Elle a raison d'être en colère. C'est une femme qui mérite d'être adorée, et vous ne la traitez pas comme vous devriez.

GEORGE DANDIN, *à part.* – Scélérate !

MONSIEUR DE SOTENVILLE. – C'est un petit ressentiment de l'affaire de tantôt, et cela se passera avec un peu de caresse que vous lui ferez. Adieu, mon gendre, vous voilà en état de ne vous plus inquiéter. Allez-vous-en faire la paix ensemble, et tâchez de l'apaiser par des excuses de votre emportement.

MADAME DE SOTENVILLE. – Vous devez considérer que c'est une jeune fille élevée à la vertu[1], et qui n'est point accoutumée à se voir soupçonner d'aucune vilaine action. Adieu. Je suis ravie de voir vos désordres[2] finis et des transports[3] de joie que vous doit donner sa conduite.

GEORGE DANDIN, *seul.* – Je ne dis mot, car je ne gagnerais rien à parler, et jamais il ne s'est rien vu d'égal à ma disgrâce. Oui, j'admire mon malheur[4], et la subtile adresse de ma carogne de femme pour se donner toujours raison, et me faire avoir tort.

1. **Élevée à la vertu** : élevée vertueusement.
2. **Vos désordres** : votre querelle.
3. **Transports** : accès.
4. **J'admire mon malheur** : je m'étonne de mon malheur.

Est-il possible que toujours j'aurai du dessous avec elle[1], que les apparences toujours tourneront contre moi, et que je ne parviendrai point à convaincre[2] mon effrontée ? Ô Ciel, seconde mes desseins, et m'accorde la grâce[3] de faire voir aux gens que l'on me déshonore.

Illustration pour George Dandin, *dessin de Jules Worms (1863).*

1. **J'aurai du dessous avec elle** : j'aurai le dessous contre elle.
2. **Convaincre** : prouver la culpabilité de…
3. **Seconde mes desseins, et m'accorde la grâce** : aide mes projets et accorde-moi le plaisir.

Acte III

SCÈNE 1 – Clitandre, Lubin

CLITANDRE. – La nuit est avancée, et j'ai peur qu'il ne soit trop tard. Je ne vois point à me conduire[1]. Lubin !

LUBIN. – Monsieur ?

CLITANDRE. – Est-ce par ici ?

LUBIN. – Je pense que oui. Morgué ! voilà une sotte nuit, d'être si noire que cela.

CLITANDRE. – Elle a tort assurément ; mais si d'un côté elle nous empêche de voir, elle empêche de l'autre que nous ne soyons vus.

LUBIN. – Vous avez raison, elle n'a pas tant de tort. Je voudrais bien savoir, Monsieur, vous qui êtes savant, pourquoi il ne fait point jour la nuit.

CLITANDRE. – C'est une grande question, et qui est difficile. Tu es curieux, Lubin.

LUBIN. – Oui. Si j'avais étudié, j'aurais été songer à des choses où[2] on n'a jamais songé.

CLITANDRE. – Je le crois. Tu as la mine d'avoir l'esprit subtil et pénétrant.

LUBIN. – Cela est vrai. Tenez, j'explique du latin, quoique jamais je ne l'aie appris, et voyant l'autre jour écrit sur une grande porte *collegium*, je devinai que cela voulait dire collège.

CLITANDRE. – Cela est admirable ! Tu sais donc lire, Lubin ?

1. **Je ne vois point à me conduire** : je ne vois pas assez clair pour me diriger.
2. **Où** : auxquelles.

LUBIN. – Oui, je sais lire la lettre moulée[1] ; mais je n'ai jamais su apprendre à lire l'écriture.

CLITANDRE. – Nous voici contre la maison. *(Après avoir frappé dans ses mains.)* C'est le signal que m'a donné Claudine.

LUBIN. – Par ma foi ! c'est une fille qui vaut de l'argent, et je l'aime de tout mon cœur.

CLITANDRE. – Aussi t'ai-je amené avec moi pour l'entretenir.

LUBIN. – Monsieur, je vous suis...

CLITANDRE. – Chut ! J'entends quelque bruit.

SCÈNE 2 – ANGÉLIQUE, CLAUDINE, CLITANDRE, LUBIN

ANGÉLIQUE. – Claudine.

CLAUDINE. – Hé bien ?

ANGÉLIQUE. – Laisse la porte entrouverte.

CLAUDINE. – Voilà qui est fait.

(Scène de nuit. Les acteurs se cherchent les uns les autres, dans l'obscurité.)

CLITANDRE, *à Lubin.* – Ce sont elles. St[2].

ANGÉLIQUE. – St.

LUBIN. – St.

CLAUDINE. – St.

CLITANDRE, *à Claudine, qu'il prend pour Angélique.* – Madame.

ANGÉLIQUE, *à Lubin, qu'elle prend pour Claudine.* – Quoi ?

LUBIN, *à Angélique, qu'il prend pour Claudine.* – Claudine.

1. **La lettre moulée** : la lettre imprimée (les caractères d'imprimerie).
2. **St** : psst ! (Petit sifflement pour attirer l'attention.)

CLAUDINE, *à Clitandre, qu'elle prend pour Lubin.* – Qu'est-ce ?

CLITANDRE, *à Claudine, croyant parler à Angélique.* – Ah ! Madame, que j'ai de joie !

LUBIN, *à Angélique, croyant parler à Claudine.* – Claudine, ma pauvre Claudine.

CLAUDINE, *à Clitandre.* – Doucement, Monsieur.

ANGÉLIQUE, *à Lubin.* – Tout beau, Lubin.

CLITANDRE. – Est-ce toi, Claudine ?

CLAUDINE. – Oui.

LUBIN. – Est-ce vous, Madame ?

ANGÉLIQUE. – Oui.

CLAUDINE, *à Clitandre.* – Vous avez pris l'une pour l'autre.

LUBIN. – Ma foi, la nuit, on n'y voit goutte.

ANGÉLIQUE. – Est-ce pas vous, Clitandre ?

CLITANDRE. – Oui, Madame.

ANGÉLIQUE. – Mon mari ronfle comme il faut, et j'ai pris ce temps[1] pour nous entretenir ici.

CLITANDRE. – Cherchons quelque lieu pour nous asseoir.

CLAUDINE. – C'est fort bien avisé[2].

(Ils vont s'asseoir au fond du théâtre sur un gazon, au pied d'un arbre.)

LUBIN. – Claudine, où est-ce que tu es ?

1. **J'ai pris ce temps** : j'ai choisi ce moment.
2. **Avisé** : pensé.

SCÈNE 3 – GEORGE DANDIN, *à moitié déshabillé*, LUBIN

GEORGE DANDIN. – J'ai entendu descendre ma femme, et je me suis vite habillé pour descendre après elle. Où peut-elle être allée ? Serait-elle sortie ?

LUBIN. *(Il prend George Dandin pour Claudine.)* – Où es-tu donc, Claudine ? Ah ! te voilà. Par ma foi, ton maître est plaisamment attrapé[1], et je trouve ceci aussi drôle que les coups de bâton de tantôt dont on m'a fait récit. Ta maîtresse dit qu'il ronfle, à cette heure, comme tous les diantres[2], et il ne sait pas que Monsieur le Vicomte et elle sont ensemble pendant qu'il dort. Je voudrais bien savoir quel songe[3] il fait maintenant. Cela est tout à fait risible ! De quoi s'avise-t-il aussi[4] d'être jaloux de sa femme, et de vouloir qu'elle soit à lui tout seul ? C'est un impertinent[5], et Monsieur le Vicomte lui fait trop d'honneur. Tu ne dis mot, Claudine. Allons, suivons-les, et me donne[6] ta petite menotte que je la baise. Ah ! que cela est doux ! Il me semble que je mange des confitures. *(Comme il baise la main de Dandin, Dandin la lui pousse rudement au visage.)* Tubleu ![7] comme vous y allez ! Voilà une petite menotte qui est un peu bien rude.

GEORGE DANDIN. – Qui va là ?

LUBIN. – Personne.

1. **Plaisamment attrapé** : drôlement trompé.
2. **Il ronfle [...] comme tous les diantres** : il ronfle fort (signe qu'il dort profondément...).
3. **Songe** : rêve.
4. **De quoi s'avise-t-il aussi...** : a-t-on idée aussi...
5. **C'est un impertinent** : c'est un sot.
6. **Me donne** : donne-moi.
7. **Tubleu !** : Tudieu ! (juron)

GEORGE DANDIN. – Il fuit, et me laisse informé de la nouvelle perfidie de ma coquine. Allons, il faut que sans tarder j'envoie appeler son père et sa mère, et que cette aventure me serve à me faire séparer d'elle. Holà ! Colin, Colin.

SCÈNE 4 – COLIN, GEORGE DANDIN

COLIN, *à la fenêtre.* – Monsieur.

GEORGE DANDIN. – Allons vite, ici-bas[1].

COLIN, *en sautant par la fenêtre.* – M'y voilà ! on ne peut pas plus vite.

GEORGE DANDIN. – Tu es là ?

COLIN. – Oui, Monsieur. *(Pendant qu'il va lui parler d'un côté, Colin va de l'autre.)*

GEORGE DANDIN, *se trouvant du côté où il croit qu'est Colin.* – Doucement. Parle bas. Écoute. Va-t'en chez mon beau-père et ma belle-mère, et dis que je les prie très instamment de venir tout à l'heure[2] ici. Entends-tu ? Eh ? Colin, Colin.

COLIN, *de l'autre côté.* – Monsieur.

GEORGE DANDIN. – Où diable es-tu ?

COLIN. – Ici.

GEORGE DANDIN. *(Comme ils se vont tous deux chercher, l'un passe d'un côté, et l'autre de l'autre.)* – Peste soit du maroufle[3] qui s'éloigne de moi ! Je te dis que tu ailles de ce pas trouver mon beau-père

1. **Allons vite, ici-bas** : descends vite !
2. **Tout à l'heure** : tout de suite.
3. **Peste soit du maroufle** : maudit soit ce rustre (insulte).

et ma belle-mère, et leur dire que je les conjure de se rendre ici tout à l'heure[1]. M'entends-tu bien ? Réponds. Colin, Colin.

COLIN, *de l'autre côté.* – Monsieur.

GEORGE DANDIN. – Voilà un pendard qui me fera enrager. Viens-t'en à moi. *(Ils se cognent et tombent tous deux.)* Ah ! le traître ! il m'a estropié. Où est-ce que tu es ? Approche, que je te donne mille coups. Je pense qu'il me fuit.

1. **Je les conjure de se rendre ici tout à l'heure** : je les supplie de venir ici tout de suite.

COLIN. – Assurément.

GEORGE DANDIN. – Veux-tu venir ?

COLIN. – Nenni, ma foi !

GEORGE DANDIN. – Viens, te dis-je.

COLIN. – Point : vous me voulez battre.

GEORGE DANDIN. – Hé bien ! non. Je ne te ferai rien.

COLIN. – Assurément ?

GEORGE DANDIN. – Oui. Approche. Bon. *(À Colin, qu'il tient par le bras.)* Tu es bien heureux[1] de ce que j'ai besoin de toi. Va-t'en vite de ma part prier mon beau-père et ma belle-mère de se rendre ici le plus tôt qu'ils pourront, et leur dis[2] que c'est pour une affaire de la dernière conséquence[3] ; et s'ils faisaient quelque difficulté à cause de l'heure, ne manque pas de les presser, et de leur faire entendre qu'il est très important qu'ils viennent, en quelque état[4] qu'ils soient. Tu m'entends bien maintenant ?

COLIN. – Oui, Monsieur.

GEORGE DANDIN. – Va vite, et reviens de même. *(Se croyant seul.)* Et moi, je vais rentrer dans ma maison, attendant que... Mais j'entends quelqu'un. Ne serait-ce point ma femme ? Il faut que j'écoute, et me serve de l'obscurité qu'il fait. *(George Dandin se range près de la porte de sa maison.)*

1. **Heureux** : chanceux.
2. **Leur dis** : dis-leur.
3. **De la dernière conséquence** : d'une extrême importance.
4. **État** : tenue vestimentaire.

SCÈNE 5 – ANGÉLIQUE, CLITANDRE, GEORGE DANDIN, CLAUDINE, LUBIN

ANGÉLIQUE, *à Clitandre.* – Adieu. Il est temps de se retirer[1].

CLITANDRE. – Quoi ? si tôt ?

ANGÉLIQUE. – Nous nous sommes assez entretenus.

CLITANDRE. – Ah ! Madame, puis-je assez vous entretenir, et trouver en si peu de temps toutes les paroles dont j'ai besoin ? Il me faudrait des journées entières pour me bien expliquer à vous de tout ce que je sens, et je ne vous ai pas dit encore la moindre partie de ce que j'ai à vous dire.

ANGÉLIQUE. – Nous en écouterons une autre fois davantage.

CLITANDRE. – Hélas ! de quel coup me percez-vous l'âme lorsque vous parlez de vous retirer, et avec combien de chagrins m'allez-vous laisser maintenant ?

ANGÉLIQUE. – Nous trouverons moyen de nous revoir.

CLITANDRE. – Oui ; mais je songe qu'en me quittant, vous allez trouver un mari. Cette pensée m'assassine[2], et les privilèges qu'ont les maris sont des choses cruelles pour un amant qui aime bien.

ANGÉLIQUE. – Serez-vous assez fort[3] pour avoir cette inquiétude, et pensez-vous qu'on soit capable d'aimer de certains maris qu'il y a ? On les prend, parce qu'on ne s'en peut défendre, et que l'on dépend de parents qui n'ont des yeux que pour le bien[4] ; mais on

1. **Se retirer** : rentrer chacun chez soi.
2. **M'assassine** : me chagrine beaucoup.
3. **Fort** : fou.
4. **Qui n'ont des yeux que pour le bien** : qui ne s'intéressent qu'à l'argent.

sait leur rendre justice[1], et l'on se moque fort de les considérer au-delà de ce qu'ils méritent.

GEORGE DANDIN, *à part.* – Voilà nos carognes de femmes.

CLITANDRE. – Ah ! qu'il faut avouer que celui qu'on vous a donné était peu digne de l'honneur qu'il a reçu, et que c'est une étrange chose que l'assemblage qu'on a fait d'une personne comme vous avec un homme comme lui !

GEORGE DANDIN, *à part.* – Pauvres maris ! voilà comme on vous traite.

CLITANDRE. – Vous méritez sans doute une autre destinée, et le Ciel ne vous a point faite pour être la femme d'un paysan.

GEORGE DANDIN. – Plût au Ciel fût-elle[2] la tienne ! tu changerais bien de langage. Rentrons ; c'en est assez. *(Il entre et ferme la porte.)*

CLAUDINE. – Madame, si vous avez à dire du mal de votre mari, dépêchez vite, car il est tard.

CLITANDRE. – Ah ! Claudine, que tu es cruelle !

ANGÉLIQUE, *à Clitandre.* – Elle a raison. Séparons-nous.

CLITANDRE. – Il faut donc s'y résoudre, puisque vous le voulez. Mais au moins je vous conjure de me plaindre un peu des méchants[3] moments que je vais passer.

ANGÉLIQUE. – Adieu.

LUBIN. – Où es-tu, Claudine, que je te donne le bonsoir ?

CLAUDINE. – Va, va, je le reçois de loin, et je t'en renvoie autant.

1. **Leur rendre justice** : les traiter comme ils le méritent.
2. **Fût-elle** : qu'elle fût.
3. **Méchants** : mauvais.

SCÈNE 6 – ANGÉLIQUE, CLAUDINE, GEORGE DANDIN

ANGÉLIQUE. – Rentrons sans faire de bruit.

CLAUDINE. – La porte s'est fermée.

ANGÉLIQUE. – J'ai le passe-partout.

CLAUDINE. – Ouvrez donc doucement.

ANGÉLIQUE. – On a fermé en dedans, et je ne sais comment nous ferons.

CLAUDINE. – Appelez le garçon qui couche là.

ANGÉLIQUE. – Colin, Colin, Colin.

GEORGE DANDIN, *mettant la tête à sa fenêtre.* – Colin, Colin ? Ah ! je vous y prends donc, Madame ma femme, et vous faites des escampativos[1] pendant que je dors. Je suis bien aise de cela, et de vous voir dehors à l'heure qu'il est.

ANGÉLIQUE. – Hé bien ! quel grand mal est-ce qu'il y a à prendre le frais de la nuit ?

GEORGE DANDIN. – Oui, oui, l'heure est bonne à prendre le frais. C'est bien plutôt le chaud, Madame la coquine ; et nous savons toute l'intrigue du rendez-vous, et du damoiseau. Nous avons entendu votre galant entretien[2], et les beaux vers à ma louange que vous avez dits l'un et l'autre. Mais ma consolation, c'est que je vais être vengé, et que votre père et votre mère seront convaincus maintenant de la justice de mes plaintes, et du dérèglement de votre conduite. Je les ai envoyé quérir[3], et ils vont être ici dans un moment.

1. **Escampativos** : escapades.
2. **Votre galant entretien** : votre dialogue si élégant et tellement raffiné.
3. **Quérir** : chercher.

ANGÉLIQUE, *à part.* – Ah Ciel !

CLAUDINE. – Madame.

GEORGE DANDIN. – Voilà un coup sans doute où vous ne vous attendiez pas. C'est maintenant que je triomphe, et j'ai de quoi mettre à bas votre orgueil, et détruire vos artifices[1]. Jusques ici vous avez joué mes accusations, ébloui vos parents, et plâtré vos malversations[2]. J'ai eu beau voir, et beau dire, et votre adresse toujours l'a emporté sur mon bon droit, et toujours vous avez trouvé moyen d'avoir raison ; mais à cette fois, Dieu merci, les choses vont être éclaircies, et votre effronterie sera pleinement confondue[3].

ANGÉLIQUE. – Hé ! je vous prie, faites-moi ouvrir la porte.

GEORGE DANDIN. – Non, non : il faut attendre la venue de ceux que j'ai mandés[4], et je veux qu'ils vous trouvent dehors à la belle heure qu'il est. En attendant qu'ils viennent, songez, si vous voulez, à chercher dans votre tête quelque nouveau détour pour vous tirer de cette affaire, à inventer quelque moyen de rhabiller[5] votre escapade, à trouver quelque belle ruse pour éluder[6] ici les gens et paraître innocente, quelque prétexte spécieux[7] de pèlerinage nocturne, ou d'amie en travail d'enfant[8], que vous veniez de secourir.

1. **Artifices** : ruses.
2. **Joué [...], ébloui [...] plâtré vos malversations** : déjoué [...], trompé [...] masqué votre mauvaise conduite.
3. **Confondue** : démasquée.
4. **Que j'ai mandés** : que j'ai convoqués, que j'ai envoyé chercher.
5. **Rhabiller** : présenter sous un jour favorable.
6. **Éluder** : tromper.
7. **Spécieux** : faux.
8. **En travail d'enfant** : en train d'accoucher.

ANGÉLIQUE. – Non : mon intention n'est pas de vous rien déguiser. Je ne prétends point me défendre, ni vous nier les choses, puisque vous les savez.

GEORGE DANDIN. – C'est que vous voyez bien que tous les moyens vous en sont fermés[1], et que dans cette affaire vous ne sauriez inventer d'excuse qu'il ne me soit facile de convaincre de fausseté.

ANGÉLIQUE. – Oui, je confesse que j'ai tort, et que vous avez sujet de vous plaindre. Mais je vous demande par grâce de ne m'exposer point maintenant à la mauvaise humeur de mes parents, et de me faire promptement ouvrir.

GEORGE DANDIN. – Je vous baise les mains[2].

ANGÉLIQUE. – Eh ! mon pauvre petit mari, je vous en conjure.

GEORGE DANDIN. – Ah ! mon pauvre petit mari ? Je suis votre petit mari maintenant, parce que vous vous sentez prise. Je suis bien aise de cela, et vous ne vous étiez jamais avisée de me dire de ces douceurs.

ANGÉLIQUE. – Tenez, je vous promets de ne vous plus donner aucun sujet de déplaisir, et de me...

GEORGE DANDIN. – Tout cela n'est rien. Je ne veux point perdre cette aventure[3], et il m'importe qu'on soit une fois éclairci à fond de vos déportements[4].

ANGÉLIQUE. – De grâce, laissez-moi vous dire. Je vous demande un moment d'audience[5].

GEORGE DANDIN. – Hé bien, quoi ?

1. **Fermés** : interdits.
2. **Je vous baise les mains** : non (équivaut ici à : point d'affaires).
3. **Aventure** : occasion.
4. **Déportements** : écarts de conduite.
5. **D'audience** : d'attention.

ANGÉLIQUE. – Il est vrai que j'ai failli[1], je vous l'avoue encore une fois, et que votre ressentiment est juste ; que j'ai pris le temps de sortir pendant que vous dormiez, et que cette sortie est un rendez-vous que j'avais donné à la personne que vous dites. Mais enfin ce sont des actions que vous devez pardonner à mon âge ; des emportements de jeune personne qui n'a encore rien vu, et ne fait que d'entrer au monde ; des libertés où l'on s'abandonne sans y penser de mal, et qui sans doute dans le fond n'ont rien de...

GEORGE DANDIN. – Oui : vous le dites[2] et ce sont de ces choses qui ont besoin qu'on les croie pieusement[3].

ANGÉLIQUE. – Je ne veux point m'excuser par là d'être coupable envers vous, et je vous prie seulement d'oublier une offense dont je vous demande pardon de tout mon cœur, et de m'épargner en cette rencontre[4] le déplaisir que me pourraient causer les reproches fâcheux[5] de mon père et de ma mère. Si vous m'accordez généreusement la grâce que je vous demande, ce procédé obligeant[6], cette bonté que vous me ferez voir, me gagnera entièrement. Elle touchera tout à fait mon cœur, et y fera naître pour vous ce que tout le pouvoir de mes parents et les liens du mariage n'avaient pu y jeter. En un mot, elle sera cause que je renoncerai à toutes les galanteries[7], et n'aurai de l'attachement que pour vous. Oui, je vous donne ma parole que vous m'allez voir désormais la meilleure femme du monde, et

1. **J'ai failli** : j'ai manqué à mon devoir, j'ai commis une faute.
2. **Vous le dites** : c'est vous qui le dites.
3. **Pieusement** : sur parole.
4. **Rencontre** : occasion, circonstance.
5. **Fâcheux** : pénibles.
6. **Ce procédé obligeant** : ce geste généreux.
7. **Galanteries** : ici, à la fois liaisons amoureuses et toutes sortes de tromperies.

que je vous témoignerai tant d'amitié, tant d'amitié, que vous en serez satisfait.

GEORGE DANDIN. – Ah ! crocodile, qui flatte les gens pour les étrangler.

ANGÉLIQUE. – Accordez-moi cette faveur.

GEORGE DANDIN. – Point d'affaires. Je suis inexorable[1].

ANGÉLIQUE. – Montrez-vous généreux.

GEORGE DANDIN. – Non.

ANGÉLIQUE. – De grâce !

GEORGE DANDIN. – Point.

ANGÉLIQUE. – Je vous en conjure de tout mon cœur.

GEORGE DANDIN. – Non, non, non. Je veux qu'on soit détrompé de vous, et que votre confusion éclate.

ANGÉLIQUE. – Hé bien ! si vous me réduisez au désespoir, je vous avertis qu'une femme en cet état est capable de tout, et que je ferai quelque chose ici dont vous vous repentirez.

GEORGE DANDIN. – Et que ferez-vous, s'il vous plaît ?

ANGÉLIQUE. – Mon cœur se portera jusqu'aux extrêmes résolutions[2], et de ce couteau que voici je me tuerai sur la place.

GEORGE DANDIN. – Ah ! ah ! à la bonne heure.

ANGÉLIQUE. – Pas tant à la bonne heure pour vous que vous vous imaginez. On sait de tous côtés nos différends[3], et les chagrins perpétuels que vous concevez contre moi. Lorsqu'on me trouvera morte, il n'y aura personne qui mette en doute que ce ne soit vous qui m'aurez tuée ; et mes parents ne sont pas gens assurément à laisser cette mort impunie, et ils en feront sur votre personne toute la punition que leur pourront offrir et les

1. **Inexorable** : impossible à fléchir.
2. **Extrêmes résolutions** : décisions les plus radicales.
3. **Nos différends** : nos disputes.

poursuites de la justice, et la chaleur de leur ressentiment[1]. C'est par là que je trouverai moyen de me venger de vous, et je ne suis pas la première qui ait su recourir à de pareilles vengeances, qui n'ait pas fait difficulté de se donner la mort pour perdre ceux qui ont la cruauté de nous pousser à la dernière extrémité.

GEORGE DANDIN. – Je suis votre valet. On ne s'avise plus de se tuer soi-même, et la mode en est passée il y a longtemps.

ANGÉLIQUE. – C'est une chose dont vous pouvez vous tenir sûr ; et si vous persistez dans votre refus, si vous ne me faites ouvrir, je vous jure que tout à l'heure je vais vous faire voir jusques où peut aller la résolution d'une personne qu'on met au désespoir.

GEORGE DANDIN. – Bagatelles, bagatelles. C'est pour me faire peur.

ANGÉLIQUE. – Hé bien ! puisqu'il le faut, voici qui nous contentera tous les deux, et montrera si je me moque. *(Après avoir fait semblant de se tuer.)* Ah ! c'en est fait. Fasse le Ciel que ma mort soit vengée comme je le souhaite, et que celui qui en est cause reçoive un juste châtiment de la dureté qu'il a eue pour moi !

GEORGE DANDIN. – Ouais ! serait-elle bien si malicieuse[2] que de s'être tuée pour me faire pendre ? Prenons un bout de chandelle pour aller voir.

ANGÉLIQUE, *à Claudine.* – St. Paix ! Rangeons-nous chacune immédiatement contre un des côtés de la porte.

GEORGE DANDIN. – La méchanceté d'une femme irait-elle bien jusque-là ? *(Il sort avec un bout de chandelle, sans les apercevoir ; elles entrent ; aussitôt elles ferment la porte.)* Il n'y a personne. Eh ! je m'en étais bien douté, et la pendarde s'est retirée, voyant

1. **La chaleur de leur ressentiment** : la force de leur rancune, de leur désir de vengeance.
2. **Malicieuse** : pleine de malice, méchante.

George Dandin feint de croire que l'on ne se suicide plus depuis l'Antiquité.

qu'elle ne gagnait rien après moi, ni par prières ni par menaces. Tant mieux ! cela rendra ses affaires encore plus mauvaises, et le père et la mère qui vont venir en verront mieux son crime. *(Après avoir été à la porte de sa maison pour rentrer.)* Ah ! ah ! la porte s'est fermée. Holà ! ho ! quelqu'un ! qu'on m'ouvre promptement !

ANGÉLIQUE, *à la fenêtre avec Claudine.* – Comment ? c'est toi ! D'où viens-tu, bon pendard ? Est-il l'heure de revenir chez soi quand le jour est près de paraître ? Et cette manière de vie est-elle celle que doit suivre un honnête[1] mari ?

CLAUDINE. – Cela est-il beau d'aller ivrogner[2] toute la nuit ? et de laisser ainsi toute seule une pauvre jeune femme dans la maison ?

GEORGE DANDIN. – Comment ? vous avez...

ANGÉLIQUE. – Va, va, traître, je suis lasse de tes déportements, et je m'en veux plaindre, sans plus tarder, à mon père et à ma mère.

GEORGE DANDIN. – Quoi ? c'est ainsi que vous osez...

SCÈNE 7 – MONSIEUR ET MADAME DE SOTENVILLE, COLIN, CLAUDINE, ANGÉLIQUE, GEORGE DANDIN

Monsieur et Madame de Sotenville sont en habits de nuit, et conduits par Colin qui porte une lanterne.

ANGÉLIQUE, *à Monsieur et Madame de Sotenville.* – Approchez, de grâce, et venez me faire raison[3] de l'insolence la plus grande du

1. **Honnête** : estimable.
2. **Ivrogner** : s'enivrer.
3. **Me faire raison** : me faire justice, me venger.

monde d'un mari à qui le vin et la jalousie ont troublé de telle sorte la cervelle qu'il ne sait plus ni ce qu'il dit, ni ce qu'il fait, et vous a lui-même envoyé quérir pour vous faire témoins de l'extravagance[1] la plus étrange dont on ait jamais ouï parler. Le voilà qui revient comme vous voyez, après s'être fait attendre toute la nuit ; et, si vous voulez l'écouter, il vous dira qu'il a les plus grandes plaintes du monde à vous faire de moi ; que durant qu'il dormait, je me suis dérobée[2] d'auprès de lui pour m'en aller courir, et cent autres contes de même nature qu'il est allé rêver.

GEORGE DANDIN, *à part*. – Voilà une méchante carogne.

CLAUDINE. – Oui, il nous a voulu faire accroire[3] qu'il était dans la maison, et que nous en étions dehors, et c'est une folie qu'il n'y a pas moyen de lui ôter de la tête.

MONSIEUR DE SOTENVILLE. – Comment, qu'est-ce à dire cela ?

MADAME DE SOTENVILLE. – Voilà une furieuse impudence[4] que de nous envoyer quérir.

GEORGE DANDIN. – Jamais...

ANGÉLIQUE. – Non, mon père, je ne puis plus souffrir un mari de la sorte. Ma patience est poussée à bout, et il vient de me dire cent paroles injurieuses.

MONSIEUR DE SOTENVILLE, *à George Dandin*. – Corbleu ! vous êtes un malhonnête homme.

CLAUDINE. – C'est une conscience[5] de voir une pauvre jeune femme traitée de la façon, et cela crie vengeance au Ciel.

1. **Extravagance** : divagation, absurdité, folie.
2. **Dérobée** : enfuie.
3. **Accroire** : croire.
4. **Furieuse impudence** : incroyable audace (de nous sortir du lit pour ça).
5. **C'est une conscience** : c'est une faute qui charge la conscience, c'est un scandale moral.

GEORGE DANDIN. – Peut-on... ?

MADAME DE SOTENVILLE. – Allez, vous devriez mourir de honte.

GEORGE DANDIN. – Laissez-moi vous dire deux mots.

ANGÉLIQUE. – Vous n'avez qu'à l'écouter, il va vous en conter de belles.

GEORGE DANDIN, *à part.* – Je désespère.

CLAUDINE. – Il a tant bu que je ne pense pas qu'on puisse durer contre lui[1], et l'odeur du vin qu'il souffle est montée jusqu'à nous.

GEORGE DANDIN. – Monsieur mon beau-père, je vous conjure...

MONSIEUR DE SOTENVILLE. – Retirez-vous : vous puez le vin à pleine bouche.

GEORGE DANDIN. – Madame, je vous prie...

MADAME DE SOTENVILLE. – Fi ! ne m'approchez pas : votre haleine est empestée.

GEORGE DANDIN, *à Monsieur de Sotenville.* – Souffrez que je vous...

MONSIEUR DE SOTENVILLE. – Retirez-vous, vous dis-je : on ne peut vous souffrir.

GEORGE DANDIN, *à Madame de Sotenville.* – Permettez, de grâce, que...

MADAME DE SOTENVILLE. – Pouah ! vous m'engloutissez le cœur[2]. Parlez de loin, si vous voulez.

GEORGE DANDIN. – Hé bien oui, je parle de loin. Je vous jure que je n'ai bougé de chez moi, et que c'est elle qui est sortie.

ANGÉLIQUE. – Ne voilà pas ce que je vous ai dit ?

CLAUDINE. – Vous voyez quelle apparence il y a.

1. **Durer contre lui** : supporter de rester longtemps avec lui.
2. **Vous m'engloutissez le cœur** : vous me soulevez le cœur, vous me donnez envie de vomir.

MONSIEUR DE SOTENVILLE, *à George Dandin*. – Allez, vous vous moquez des gens. Descendez, ma fille, et venez ici.

GEORGE DANDIN. – J'atteste le Ciel[1] que j'étais dans la maison, et que...

MADAME DE SOTENVILLE. – Taisez-vous, c'est une extravagance qui n'est pas supportable.

GEORGE DANDIN. – Que la foudre m'écrase tout à l'heure si...

MONSIEUR DE SOTENVILLE. – Ne nous rompez[2] pas davantage la tête, et songez à demander pardon à votre femme.

GEORGE DANDIN. – Moi, demander pardon ?

MONSIEUR DE SOTENVILLE. – Oui, pardon, et sur-le-champ.

GEORGE DANDIN. – Quoi ? je...

MONSIEUR DE SOTENVILLE. – Corbleu ! si vous me répliquez, je vous apprendrai ce que c'est que de vous jouer à nous[3].

GEORGE DANDIN. – Ah ! George Dandin !

MONSIEUR DE SOTENVILLE. – Allons, venez, ma fille, que votre mari vous demande pardon.

ANGÉLIQUE, *descendue*. – Moi ? lui pardonner tout ce qu'il m'a dit ? Non, non, mon père, il m'est impossible de m'y résoudre, et je vous prie de me séparer d'un mari avec lequel je ne saurais plus vivre.

CLAUDINE. – Le moyen d'y résister[4] ?

MONSIEUR DE SOTENVILLE. – Ma fille, de semblables séparations ne se font point sans grand scandale, et vous devez vous montrer plus sage que lui, et patienter encore cette fois.

1. **J'atteste le Ciel** : je prends le Ciel à témoin.
2. **Rompez** : cassez.
3. **De vous jouer à nous** : de vous jouer de nous, de vous moquer de nous, de vous en prendre à nous.
4. **Le moyen d'y résister ?** : Comment lui refuser cela ?

Frontispice de George Dandin, *XVIIe siècle (BNF, Paris).*

ANGÉLIQUE. – Comment patienter après de telles indignités ? Non, mon père, c'est une chose où je ne puis consentir.

MONSIEUR DE SOTENVILLE. – Il le faut, ma fille, et c'est moi qui vous le commande.

ANGÉLIQUE. – Ce mot me ferme la bouche, et vous avez sur moi une puissance absolue.

CLAUDINE. – Quelle douceur !

ANGÉLIQUE. – Il est fâcheux d'être contrainte d'oublier de telles injures ; mais quelle violence que je me fasse[1], c'est à moi de vous obéir.

CLAUDINE. – Pauvre mouton !

MONSIEUR DE SOTENVILLE, *à Angélique.* – Approchez.

ANGÉLIQUE. – Tout ce que vous me faites faire ne servira de rien, et vous verrez que ce sera dès demain à recommencer.

MONSIEUR DE SOTENVILLE. – Nous y donnerons ordre. *(À George Dandin.)* Allons, mettez-vous à genoux.

GEORGE DANDIN. – À genoux ?

MONSIEUR DE SOTENVILLE. – Oui, à genoux, et sans tarder.

GEORGE DANDIN. *(Il se met à genoux, une chandelle à la main. À part.)* – Ô Ciel ! *(À Monsieur de Sotenville.)* Que faut-il dire ?

MONSIEUR DE SOTENVILLE. – « Madame, je vous prie de me pardonner. »

GEORGE DANDIN. – « Madame, je vous prie de me pardonner. »

MONSIEUR DE SOTENVILLE. – « L'extravagance que j'ai faite. »

GEORGE DANDIN. – « L'extravagance que j'ai faite » *(à part)* de vous épouser.

1. **Quelle violence que je me fasse** : même si c'est malgré moi.

MONSIEUR DE SOTENVILLE. – « Et je vous promets de mieux vivre[1] à l'avenir. »

GEORGE DANDIN. – « Et je vous promets de mieux vivre à l'avenir. »

MONSIEUR DE SOTENVILLE, *à George Dandin.* – Prenez-y garde, et sachez que c'est ici la dernière de vos impertinences que nous souffrirons.

MADAME DE SOTENVILLE. – Jour de Dieu ! si vous y retournez[2], on vous apprendra le respect que vous devez à votre femme, et à ceux de qui elle sort[3].

MONSIEUR DE SOTENVILLE. – Voilà le jour qui va paraître. *(À George Dandin.)* Adieu. Rentrez chez vous, et songez bien à être sage. *(À Madame de Sotenville.)* Et nous, mamour, allons nous mettre au lit.

SCÈNE 8 – George Dandin

GEORGE DANDIN, *seul.* – Ah ! je le quitte[4] maintenant, et je n'y vois plus de remède : lorsqu'on a, comme moi, épousé une méchante femme, le meilleur parti qu'on puisse prendre, c'est de s'aller jeter dans l'eau la tête la première.

1. **De mieux vivre** : de mieux me comporter.
2. **Si vous y retournez** : si vous recommencez.
3. **Ceux de qui elle sort** : sa famille.
4. **Je le quitte** : je renonce (je laisse tomber, j'abandonne la partie).

Le Bal, *gravure d'Abraham Bosse, XVIIe siècle (BNF, Paris).*

George Dandin

Une comédie-farce sur le mariage arrangé

REPÈRES

PARCOURS DE L'ŒUVRE

TEXTES ET IMAGE

Qu'est-ce qu'une comédie ?

***George Dandin* appartient à une catégorie de pièces de théâtre appelée « comédie »* (du grec *kômos*, « fête en l'honneur de Dionysos », dieu du vin chez les Grecs). Le genre de la comédie est né en Grèce, aux alentours du VIe siècle avant J.-C., et a perduré jusqu'à aujourd'hui sous des formes variées et régulièrement renouvelées.**

● LES CARACTÉRISTIQUES DE LA COMÉDIE TRADITIONNELLE (XVIIe ET XVIIIe SIÈCLES)

– Tirés de la vie courante, **les personnages*** sont de condition sociale moyenne ; l'un d'eux au moins a un vice de caractère évident (avarice, aveuglement sur soi, hypocrisie, orgueil) qui le met en conflit avec les autres et le ridiculise. Le but est d'amener ce personnage (et les spectateurs qui lui ressemblent) à mieux se connaître et à se mettre en accord avec la société dans laquelle il vit. Une comédie corrige les mœurs par le rire (*Castigat ridendo mores*, dit l'adage latin).
– **Un décor*** de comédie montre l'intérieur d'une demeure (unité de lieu). **L'époque** est contemporaine à celle de l'auteur ; les événements racontés durent au plus 24 heures (unité de temps).
– **L'action** se noue par un obstacle. Son déroulement est ponctué de coups de théâtre* (péripéties*). Le dénouement* est toujours heureux : les jeunes héros parviennent à se marier. La difficulté initiale est levée ou contournée ; le rôle de la comédie est de dédramatiser voire de désacraliser en représentant les valeurs, les êtres et les choses de façon ludique et comique.

Dans les pièces de Molière, il s'agit souvent d'un obstacle à un mariage.

● LA COMÉDIE EST UN GENRE PROTÉIFORME

Il existe une grande variété de comédies : comédie de mœurs (critique sociale), comédie de caractère (satire psychologique), comédie d'intrigue* (péripéties incessantes), comédie sentimentale (égarements du cœur), etc. On retrouve dans *George Dandin* des traits de tous ces sous-genres : il y a une critique des nobles, un héros possédant un vice de caractère, d'incessants retournements de situation et un couple de jeunes gens qui s'aiment. Cependant, la pièce renferme aussi des constituants d'autres sortes de spectacles...

De quels autres grands genres de spectacles s'inspire Molière ?

Pendant treize ans (1645-1658), Molière a fait le tour de la France en jouant dans toutes sortes de spectacles comme danseur, musicien et bien sûr comédien. Il connaissait donc parfaitement l'univers du théâtre et il emprunte, pour composer sa comédie* **George Dandin*****, quelques éléments typiques à trois genres théâtraux appréciés à l'époque : la farce*, la pastorale et la tragédie*.***

● LES CARACTÉRISTIQUES DE LA FARCE (XVIe SIÈCLE)

Les personnages* sont caricaturaux (le curé ivrogne, le valet stupide) et grossiers. Le lieu est un intérieur urbain. L'époque est celle de la vie quotidienne des spectateurs. L'action se noue par un conflit (entre mari et femme, entre client et vendeur), où chacun veut prendre le dessus. À grand renfort d'équivoques, de ruses, de mystifications, le dénouement* est le plus souvent joyeux : le trompeur est trompé et tout rentre dans l'ordre.

Dans George Dandin, *Lubin est un personnage typique de la farce.*

Quels sont les procédés traditionnels utilisés pour faire rire ?

Le principal procédé, typique des farces et fréquent dans* George Dandin, *est* **le comique de gestes** *(personnages qui ont un comportement mécanique ou qui tombent, se battent, se tripotent, etc.). Les trois autres moyens bien connus pour provoquer le rire ou le sourire sont :* **le comique de mots** *(jeux de mots, manque de logique, parler populaire ou, à l'inverse, emploi d'une langue savante de façon inappropriée, etc.),* **le comique de caractère** *(personnage excessif dont l'aspect et la personnalité font rire, caricature de traits moraux, etc.), et* **le comique de situation** *(quiproquo*, déguisement, ruse, cachette, situation complètement inattendue, etc.).*

● LES CARACTÉRISTIQUES DE LA PASTORALE (ANTIQUITÉ, DÉBUT DU XVIIe SIÈCLE)

Les personnages sont de paisibles bergers jouant de la flûte et des pastourelles galantes, ne songeant qu'à célébrer, en toute innocence, l'Amour. Le lieu est rustique : une campagne lovée dans une nature idéalisée. L'époque est celle d'un lointain âge d'or. L'action se noue par un obstacle à l'amour (inconstance, séparation forcée, etc.) entraînant des plaintes sous forme de poèmes ou de chansons. Le dénouement* est généralement heureux, l'être abandonné retrouvant son bonheur perdu.

Les amours de Clitandre et Angélique renvoient à la pastorale, d'autant que dans sa version originale, la pièce était émaillée de passages dansés et chantés.

Comment exprimer l'amour et les sentiments personnels ?

Les principaux procédés pour exprimer l'amour sont l'emploi du champ lexical de l'affectivité (le verbe aimer *et ses synonymes) et de nombreuses marques de subjectivité (l'énonciateur multiplie les pronoms de première personne), l'utilisation d'apostrophes et d'interjections, la recherche d'une certaine musicalité du discours (jeux d'assonances et d'allitérations, constructions syntaxiques en parallélisme, rythmes binaires et ternaires proches de ceux de la poésie). Dans* George Dandin, *les chants d'amour se trouvaient dans les intermèdes mais l'on en trouve aussi des échos dans la pièce, notamment dans la bouche de Clitandre, le jeune premier (voir le discours amoureux au début de l'acte III, scène 5).*

Illustration pour Le Berger fidèle, pastorale *de Giovanni Battista Guarini, 1595 (BNF, Paris).*

● LES CARACTÉRISTIQUES DE LA TRAGÉDIE* (ANTIQUITÉ ET XVIIe SIÈCLE)

Les personnages sont illustres (rois réels ou héros épiques) et fiers. Le lieu est un palais dans un pays lointain. L'époque est mythique. L'action se noue par un conflit intérieur (cœur/raison). Le dénouement* est toujours funeste : le protagoniste est tué ou se suicide, piégé dans une situation sans issue. La présence de monologues* – où le héros fait le bilan sur sa situation malheureuse – est aussi une caractéristique du genre tragique.

À la fin de George Dandin, *Angélique menace de se suicider.*

Les procédés utilisés pour exprimer la tristesse et tenter d'émouvoir le public

Les moyens habituels pour émouvoir sont le recours au champ lexical de la « douleur », l'énoncé d'exagérations (hyperboles), l'énumération d'images frappantes (comparaisons et métaphores comportant l'idée de souffrance), l'apparition fréquente des modalités interrogatives et exclamatives (pour impliquer le public) et le récit d'événements tristes (séparation, mort) où l'auditoire s'identifie au personnage qui les subit. Grâce à ces techniques, le personnage est susceptible de bénéficier d'une certaine sympathie du public. Il arrive souvent à George Dandin de s'apitoyer sur son sort en s'apostrophant et en prenant à témoin de son infortune le Ciel et les spectateurs.

Masque tragique, mosaïque de la première moitié du IIIe siècle (Musée archéologique, Sousse).

Étape I • Observer les deux monologues de l'exposition

SUPPORT • Acte I, scènes 1 et 3

OBJECTIF • Définir la situation initiale à travers les deux premiers monologues* du personnage principal.

As-tu bien lu ?

1 **a.** À qui s'adresse George Dandin dans les scènes 1 et 3 ?
b. Comment appelle-t-on ce type de réplique* ?
☐ un monologue ☐ un dialogue ☐ un aparté*

2 À quel groupe social appartient Dandin ? À quel groupe social a-t-il souhaité appartenir ? Tu peux t'aider de l'enquête pages 106 à 108 pour répondre.

3 Qu'apprend Dandin dans la scène 2 ?
☐ que ses beaux-parents viennent lui rendre visite
☐ que Clitandre courtise sa femme
☐ que sa femme s'apprête à lui donner un rendez-vous

4 Quel est le sentiment dominant chez Dandin dans les scènes 1 et 3 ?
☐ la colère ☐ la tristesse ☐ la surprise

Le monologue du paysan parvenu (scène 1)

5 **a.** Dans ce monologue, pourquoi Dandin utilise-t-il à la fois le pronom « je » et le pronom « nous » ?
b. Relève, au début de son monologue, des présents de vérité générale et justifie leur emploi.

6 **a.** Quels étaient les deux moyens traditionnels pour devenir noble au temps de Molière ?
b. Comment Dandin a-t-il procédé, lui, pour « changer » de classe sociale ?
c. Quel est l'avantage et quel est l'inconvénient de ce procédé ?
Tu peux t'aider de l'enquête pages 112 à 114 pour répondre à ces questions.

7 **a.** Quelles sont les deux principales critiques adressées par Dandin à la noblesse ?
b. Ces griefs sont-ils susceptibles d'agacer le public versaillais auquel s'adresse Molière ?

Le monologue du mari trompé (scène 3)

8 Résume ce qui s'est passé dans la scène 2.

9 Quels reproches Dandin adresse-t-il à Angélique dans ce second monologue ?

10 Pour quelles raisons Dandin ne peut-il intervenir dans l'intrigue* naissante entre Angélique et Clitandre ?

La langue et le style

11 Que signifiaient autrefois les mots *demoiselle*, *monsieur* et *gentilhomme* ?

12 « George Dandin ou le mari confondu » : quel est le sens du participe passé *confondu* dans le titre de la pièce ?

Faire le bilan

13 En quoi ces deux scènes peignent-elles un homme en crise ? Qu'est-ce qui empêche le public de s'attacher au personnage ? Complète le texte suivant avec les mots : *paysan, nobles, désorienté, antipathique, lucidité, vaniteux, infidélité*.
Dans ces deux scènes, Dandin semble complètement … . Il s'est mis au-dessus de sa condition de … mais continue d'être méprisé par les … . Il s'est marié avec Angélique mais il est victime de son dédain et de son … . Isolé socialement et conjugalement, il en est réduit à parler tout seul. Malgré sa situation malheureuse et sa … poignante, Dandin est cependant perçu d'emblée comme un personnage … et …
Il a acheté Angélique et n'a aucun sentiment affectueux pour elle.

À toi de jouer

14 Et si c'était Angélique qui apparaissait la première ? Imagine et rédige le monologue qu'elle prononcerait alors pour se présenter et expliquer son point de vue sur son mariage et sur son mari.

Étape 2 • Étudier une scène de satire sociale

SUPPORT • Acte I, scène 4

OBJECTIF • Caractériser les Sotenville et mettre en évidence la charge satirique de la scène.

As-tu bien lu ?

1 Aux yeux des Sotenville, Dandin commet plusieurs impolitesses. Lesquelles ?

2 Quel est le mot qui permet à George Dandin, au milieu de la scène, de capter l'attention de ses beaux-parents ?

3 Quelle est la situation à la fin de la scène ?
☐ Les Sotenville refusent de croire Dandin.
☐ Les Sotenville sont prêts à demander des comptes à Clitandre.
☐ Mme de Sotenville veut punir sa fille.
☐ C'est un dialogue de sourds.

4 **a.** Repère les quatre phrases que Dandin n'arrive pas à achever (lignes 125 à 170). Par qui est-il interrompu et pour quelle raison à chaque fois ?
b. Quel est le but de la leçon de politesse que lui donnent les Sotenville ?

5 Quelle a été la stratégie de Dandin pour accéder à la noblesse ?
Quel profit prétend-il avoir tiré personnellement de son mariage (voir également acte I, scène 1) ? Est-ce l'avis des Sotenville ?
Au fond, qu'attendait Dandin de son mariage?
Tu peux t'aider de l'enquête pages 112 à 114 pour répondre aux questions.

6 Comment Dandin parvient-il à inverser le rapport de force ?

7 Pourquoi les Sotenville ont-ils du mal à croire Dandin (lignes 198 à 258) ?

Les Sotenville : des hobereaux féroces mais ridicules

8 Les Sotenville parlent d'eux-mêmes et de leur « maison » comme s'ils appartenaient à la haute aristocratie. Que sont-ils en réalité ?
Il y a plusieurs réponses justes.
☐ inconnus ☐ désargentés ☐ humbles ☐ peu titrés

9 Par leur médiocrité, les Sotenville dévalorisent les valeurs aristocratiques qu'ils sont censés représenter. Montre-le en relevant certaines de leurs répliques.

Valeur aristocratique	Réplique caricaturale des Sotenville
Goût du beau langage	
Sentiment d'appartenance à un lignage fameux	
Sens de l'honneur	

La langue et le style

10 Quel(s) mot(s) ou jeu(x) de mots retrouves-tu dans les patronymes suivants ? Quel rapport peut-on trouver avec le caractère des personnages ainsi désignés ?
Maison de la Prudoterie → ...
M. et Mme de Sotenville → ...
M. de la Dandinière → ...

11 Quel est le niveau de langue des Sotenville ? Et celui de Dandin ?

Faire le bilan

12 Comment les Sottenville tentent-ils d'humilier George Dandin ?

13 Quelle action ont-ils vraiment sur la réalité ?

À toi de jouer

14 Sur le modèle de cette scène, imagine la rencontre (dans une entreprise ou un magasin) entre une personne et un individu hautain qui s'attache à bien montrer qu'il méprise son interlocuteur. Il ne s'adresse pas à lui dans les formes. Ta scène se terminera au désavantage de l'individu méprisant qui sera ridiculisé par une situation inattendue...

Étape 3 • Analyser la première défaite de Dandin

SUPPORT • Acte I, scènes 6 et 7

OBJECTIF • Définir la situation de Dandin à la fin de l'acte I, analyser les registres employés.

As-tu bien lu ?

1 Retrouve le titre qui convient aux différentes parties de la scène 6.

1. Lignes 309 à 339 •	• **A.** Les excuses publiques de Dandin
2. Lignes 340 à 361 •	• **B.** Les pseudo-plaintes d'Angélique
3. Lignes 362 à 378 •	• **C.** La comédie de la vertu
4. Lignes 379 à 398 •	• **D.** Dandin « accusé »
5. Lignes 399 à 453 •	• **E.** Dandin contre Claudine

2 À quoi sert le dialogue initial entre Angélique et Clitandre ?

3 Comment procède Claudine pour soutenir activement sa maîtresse ? Il y a plusieurs réponses justes.

- ☐ Elle refuse de trahir les amants et d'avouer l'ambassade (« Par ma foi, voilà une étrange fausseté ! »).
- ☐ Elle fait mine d'avoir perdu la mémoire des événements récents (« Madame, est-ce que... ? »).
- ☐ Elle se porte garante de la bonne foi d'Angélique et la sert jusqu'au bout (« Assurément »).

4 Au cours de la cérémonie qui termine la scène 6, de quoi Dandin est-il dépossédé ? Il y a plusieurs réponses justes.

- ☐ la liberté (forcé à s'agenouiller)
- ☐ la parole (condamné à répéter)
- ☐ la raison (réduit à divaguer)
- ☐ la vérité (contraint de mentir)

Noblesse contre paysannerie

5 À ton avis, pourquoi Claudine, qui est une simple paysanne, s'oppose-t-elle à Dandin ?

6 Pourquoi peut-on dire que l'acte I s'achève sur la défaite du représentant des paysans, George Dandin ?

7 Pour autant, la noblesse – représentée par les Sottenville, Angélique et Clitandre – est-elle totalement victorieuse ?

Un mélange de comique et de pathétique

8 La scène 6 contient de nombreux effets comiques. Liste-les dans le tableau.

comique de mots	
comique de gestes	
comique de caractère	
comique de situation	

9 Que cherche Dandin en tant que mari ? Parvient-il à ses fins ?

10 Montre que Dandin est rabaissé sur les trois plans intellectuel, conjugal et social.

La langue et le style

11 Voici, d'après le *Dictionnaire* de Furetière (1690), la définition du mot « antiphrase » : « Terme de Grammaire. Contre-vérité, figure ironique par laquelle en disant une chose on entend tout le contraire. Ce mot vient d'*anti & phrasis*, qui vient de *phrasso, loquor*, je parle. »
Relève dans le court dialogue initial entre Angélique et Clitandre (lignes 312 à 335), au moins deux phrases ou expressions qui te paraissent correspondre au sens de ce mot.

Faire le bilan

12 Dans la scène 6, certains personnages jouent des mini-comédies ; lesquels et devant qui ? Complète le tableau.

Acteurs	Sujet de la mini-comédie	Destinataire

13 Ces scènes finales ne sont pourtant pas uniquement comiques. Que contiennent-elles d'assez émouvant ?

À toi de jouer

14 Apprends le rôle de George Dandin dans la scène 6 (jusqu'à la ligne 386). Interprète ce passage avec cinq autres élèves.

Étape 4 • Étudier une scène de dispute sur le thème du mariage

SUPPORT • Acte II, scène 2

OBJECTIF • Analyser une scène de dispute entre les époux et définir leur point de vue sur le mariage.

As-tu bien lu ?

1 Quelles sont les deux parties de cette scène ? Observe la longueur des répliques de chaque personnage : qui parle le plus dans chaque partie ?

2 George Dandin et Angélique de Sotenville ont fait...
☐ un mariage d'amour ☐ un mariage d'argent
☐ un mariage de la main gauche

3 Si Dandin a des vues plutôt bourgeoises (roturières) et provinciales concernant le mariage et la vie commune des époux, Angélique au contraire développe des idées plutôt... (deux réponses justes)
☐ parisiennes ☐ révolutionnaires ☐ aristocratiques

Une scène de témoin caché*...

4 Relie chaque partie de la scène au titre qui lui correspond.

1re partie •	• Pratique de la galanterie (en trio)
2e partie •	• Théorie de la galanterie (en duo)

5 Relie chaque partie de la scène aux caractéristiques qui lui correspondent.

1re partie (présence de Clitandre) •	• La présence de Dandin est pesante pour Angélique. Le ton est grave. Le mariage semble insupportable.
2e partie (absence de Clitandre) •	• La présence de Dandin ne pèse pas à Angélique. Le ton est badin. Le mariage semble supportable.

6 Clitandre et Dandin tentent simultanément de converser avec Angélique, sans y parvenir. Que tentent-ils de lui dire ?

7 Relève les types de comique et les procédés utilisés pour rendre cette scène réjouissante.

Un débat grave et orageux sur le mariage

8 Quel est le thème général de la discussion qui suit le départ de Clitandre ?

9 Quelle est la thèse de Dandin (qui se fait porte-parole de l'école des maris) ? Quels sont ses arguments ?

10 Quelle est la thèse d'Angélique (qui se fait porte-parole de l'école des femmes) ? Quels sont ses arguments ?

La langue et le style

11 Dans la réplique* qui débute ligne 146, à quel champ lexical Angélique associe-t-elle le devoir de fidélité conjugale ?

12 Relève les expressions qui montrent que Dandin s'efforce de parler comme un gentilhomme et celles qui trahissent sa condition de paysan enrichi. Tu peux t'aider de l'enquête pages 109 à 111 pour répondre.

Faire le bilan

13 George Dandin est très autoritaire. Quels procédés utilise-t-il pour subjuguer Angélique ?

14 Les deux époux sont fort opposés. Angélique, très émancipée, méprise tous les Dandin du monde parce qu'elle sait qu'elle est intouchable. Elle ne craint – à juste titre – que l'inhumanité de ses parents. Selon toi, qu'est-ce qui fait la force étonnante de ce personnage féminin ?

À toi de jouer

15 Angélique tient un journal intime secret dans lequel elle note tous les soirs les événements marquants de sa journée. Après ce dialogue tendu avec son mari, elle s'enferme dans sa chambre et consigne ses idées et ses sentiments dans son journal...

16 Angélique répond au billet de Clitandre que Claudine lui a remis à la scène 3... Écris sa réponse.

Étape 5 • Observer une scène de farce

SUPPORT • Acte II, scène 8

OBJECTIF • Définir les procédés comiques utilisés dans cette scène, mettre en évidence les aspects de farce*.

As-tu bien lu ?

1 Dans quelle scène de l'acte I George Dandin a-t-il déjà tenté, en vain, de déciller ses beaux-parents et prouver la tromperie de sa femme ?
☐ la scène 2 ☐ la scène 4 ☐ la scène 6

2 Dans la scène précédente (scène 7), pourquoi les Sotenville ont-ils accepté de venir espionner leur fille ?

3 Relie chaque partie de la scène au titre qui lui correspond.

1er mouvement (lignes 329 à 338) •	• Les amants piégés
2e mouvement (lignes 339 à 360) •	• La femme outragée
3e mouvement (lignes 360 à 367) •	• La bastonnade
4e mouvement (lignes 368 à 406) •	• L'éloge dithyrambique
5e mouvement (lignes 407 à 415) •	• Le mari déconfit

4 Quelle scène de « théâtre dans le théâtre »* de l'acte I est rejouée ici ?

5 Dans cette scène, quel rôle Angélique impose-t-elle à Clitandre ? Et à son mari ? Ces rôles sont-ils valorisants pour les deux hommes ?

Le théâtre dans le théâtre

6 Pourquoi Angélique fait-elle semblant d'être en colère au début de la scène 8 ? Pourquoi peut-on alors parler de « théâtre dans le théâtre »* ?

7 La tirade où Angélique se présente comme une femme outragée est composée de deux parties équilibrées ; lesquelles ?

8 Avec qui Angélique est-elle « confondue » dans cette scène ?

9 Angélique s'amuse à incarner quatre idéaux féminins ; lesquels ?

Le piégeur piégé

10 George Dandin désirait « confondre » les deux amants. Au lieu de cela, que se produit-il ? Avec qui George Dandin est-il « confondu » dans cette scène ?

11 L'épouse de George Dandin est d'une étonnante rouerie.
Dans la 2e partie de sa tirade (lignes 341 à 360), sur quelles valeurs s'appuie-t-elle ?

12 Pourquoi Dandin est-il tellement silencieux au cours de cette scène ?

La langue et le style

13 Dans cette scène Molière imite de façon amusante divers genres théâtraux ; lesquels ?

Faire le bilan

14 Dégage dans cette scène ce qui te paraît relever spécifiquement d'un comique de farce*.

À toi de jouer

15 Clitandre écrit une lettre à un(e) ami(e) versaillais(e) pour lui relater son aventure galante avec Angélique et se moquer de George Dandin. Dans la première partie de sa lettre, Clitandre racontera comment il a rencontré Angélique et la façon dont elle protège habilement leur amour naissant. Dans la seconde partie du texte, il fera un portrait (physique et moral) comique du mari-paysan.

Étape 6 • Expliquer et jouer les scènes nocturnes

SUPPORT • Acte III, scènes 2 et 3

OBJECTIF • Étudier deux scènes fantaisistes et réfléchir à leur scénographie.

As-tu bien lu ?

1 À quel moment de la journée se déroulent les scènes de cet acte (relire aussi la scène 1) ?

2 Quelle est la principale forme de comique utilisée dans les scènes 2 et 3 de l'acte III ?
☐ le comique de mot
☐ le comique de caractère
☐ le comique de situation

3 Quelle information nouvelle George Dandin apprend-il dans la scène 3 ?
Quel profit espère-t-il tirer de la situation ?
Cet objectif est-il nouveau ?

4 Ce jour-là, Angélique... (trois réponses justes)
☐ reçoit un message galant de Clitandre
☐ accepte un rendez-vous diurne dans sa maison
☐ accorde un baiser à son noble amant
☐ sort de chez elle pour un rendez-vous nocturne

5 En quoi l'obscurité permet-elle dans ces deux scènes de faire progresser l'action de la pièce et la réflexion du spectateur ?

Quiproquos et couples farcesques

6 Dans la scène 3, Lubin prend George Dandin pour quelqu'un d'autre.
Quelles sont les deux scènes où Lubin a commis la même erreur ?
En quoi la scène 3 diffère-t-elle des deux précédentes ?

7 Quelle est la différence entre les quiproquos* de la scène 2 et celui de la scène 3 ?

8 Quelles vérités utiles peut-on tirer des quiproquos de ces deux scènes ?

Illusions et vérité

9 Chacun croit, dans les deux scènes, que George Dandin est en train de « ronfler » (« Mon mari ronfle comme il faut », « Ta maîtresse dit qu'il ronfle, à cette heure, comme tous les diantres », « Je voudrais bien savoir quel songe il fait maintenant »). À ton avis, si Dandin était parvenu à s'endormir, quel rêve aurait-il fait ?

10 Montre en quoi la scène 3 peut paraître un « songe » pour George Dandin.

11 À quel moment Dandin est-il comédien volontairement ? À quel moment est-il involontairement un personnage ?

La langue et le style

12 Molière insère des souvenirs du genre de la pastorale (voir Repères p. 82), notamment le thème galant, le cadre campagnard et les embarras sentimentaux. Ces allusions, qui sont à leur place dans un spectacle où à chaque entracte, des bergers et des bergères viennent danser et chanter l'amour, servent ici à faire rire. Qu'est-ce qui est particulièrement parodié* ?

Faire le bilan

13 De quelle manière ces scènes de nuit* permettent-elles de traiter sous un angle ludique trois thèmes de l'œuvre : le mariage, la place sociale et l'identité ?

À toi de jouer

14 Joue au scénographe : à l'intérieur d'une boîte à chaussure peinte en noir, construis (avec des allumettes, des morceaux de carton, des images collées, des bouts de tissus, etc.) une maquette du décor* de la pièce. Ce travail peut aussi être fait sur l'ordinateur...

15 Joue au metteur en scène* : pour chacune des deux scènes, prévois les trajets sur le plateau, les gestes et les mimiques des acteurs. Cette recherche peut être étendue aux autres scènes de l'acte III.

Étape 7 • Analyser le dénouement

SUPPORT • Acte III, scènes 7 et 8

OBJECTIF • Définir la situation finale, mettre en évidence le mélange des registres.

As-tu bien lu ?

1 Quel coup de théâtre* se produit à la fin de l'acte III, scène 6 ?

- ☐ Dandin et Clitandre se battent en duel.
- ☐ Angélique et Claudine se tirent d'un piège redoutable.
- ☐ Les Sotenville décident d'embaucher Lubin.
- ☐ Colin tombe amoureux de Mme de Sotenville.

2 Retrouve le titre qui convient aux différentes parties de la scène 7.

1. Lignes 349 à 360 •	• **A.** Des excuses forcées
2. Lignes 361 à 381 •	• **B.** L'accusation d'injures
3. Lignes 382 à 419 •	• **C.** La demande de divorce
4. Lignes 420 à 438 •	• **D.** Un prologue dépréciatif
5. Lignes 439 à 467 •	• **E.** L'accusation d'ivrognerie

3 Quels sont les points communs entre la scène 1 de l'acte I et la scène 6 de l'acte III ?

4 Qu'a définitivement perdu George Dandin à la fin de la scène 7 ?

- ☐ l'amour de sa femme
- ☐ la confiance des Sotenville
- ☐ le respect de Colin
- ☐ la sympathie de Claudine

5 La pièce se termine par une lutte acharnée entre George Dandin et le clan des aristocrates…

☐ Vrai ☐ Faux

La victoire du clan des Sotenville

6 La première réplique* d'Angélique est en deux parties (deux longues phrases). Quel est le but de la première et celui de la deuxième ?

7 Dans la scène 7, quels sont les deux éléments qui trahissent les préjugés nobiliaires des Sotenville ?

8 Dans la dernière partie de la scène 7, la puissance de M. de Sotenville est-elle illusoire ou bien réelle ? Sur qui prend-elle le dessus ? Au nom de qui s'exerce-t-elle ?
Tu peux t'aider de l'enquête pages 109 à 111 pour répondre aux questions.

Un dénouement* basé sur le comique ou l'aspect dramatique ?

9 M. de Sotenville s'est déplacé pour constater l'adultère de sa fille (l'épouse confondue). Que tente au contraire de lui prouver Angélique ? Pourquoi est-ce amusant ? Où est l'injustice cependant ?

10 Montre que George Dandin est humilié sur les plans de la propriété, de son statut d'époux et de son amour-propre.

La langue et le style

11 Le monologue* final (acte III scène 8) se réduit à une phrase : George Dandin ne peut plus parler, sa voix se meurt. Par quels moyens a-t-il été astucieusement privé de la parole dans la scène précédente ?

12 Pourquoi faut-il faire taire George Dandin ?

Faire le bilan

13 À ton avis, les scènes 7 et 8 constituent-elles plutôt un dénouement* de comédie* ou de tragédie* ? Donne une réponse argumentée (voir Repères p. 80 à 83).

À toi de jouer

14 Rédige un bref paragraphe pour raconter ce qui arrive à George Dandin (et à sa femme) jusqu'à la mort de celui-ci. Commence ton texte par « À partir de cette nuit-là, George Dandin... »

Le spectacle de cour : groupement de documents

OBJECTIF • Comparer plusieurs documents en rapport avec le fonctionnement et la fonction du spectacle de cour sous Louis XIV.

DOCUMENT 1 MOLIÈRE, *La Jalousie du Barbouillé*, scène 9.

Cette farce est la première « petite comédie » en un acte* écrite par Molière ; il la jouait déjà en province vers 1646. Elle roule sur un comique de situation du type arroseur-arrosé que Molière réutilisera durant toute sa carrière dans toutes ses pièces. Même dans les grands spectacles de comédies-ballets*, il y avait des passages de pure bouffonnerie.*

La meilleure illustration en est George Dandin, *pièce dansée et chantée mais également réadaptation et prolongement de l'ancienne* Jalousie du Barbouillé, *où un mari mal marié lutte contre sa femme...*

Dans ce passage, Angélique qui veut entrer chez elle trouve la porte fermée. Elle appelle sa servante, Cathau, pour qu'elle lui ouvre.

LE BARBOUILLÉ[1], *à la fenêtre*, ANGÉLIQUE.

LE BARBOUILLÉ. — Cathau[2], Cathau ! Hé bien ! Qu'a-t-elle fait, Cathau ? et d'où venez-vous, madame la carogne, à l'heure qu'il est, et par le temps qu'il fait ?

ANGÉLIQUE. — D'où je viens ? ouvre-moi seulement, et je te le dirai après.

LE BARBOUILLÉ. — Oui ? Ah ! ma foi, tu peux aller coucher d'où tu viens, ou, si tu l'aimes mieux, dans la rue : je n'ouvre point à une coureuse comme toi. Comment, diable ! être toute seule à l'heure qu'il est ! Je ne sais si c'est imagination, mais mon front m'en paraît plus rude[3] de moitié.

ANGÉLIQUE. — Hé bien ! pour être toute seule, qu'en veux-tu dire[4] ? Tu me querelles quand je suis en compagnie : comment faut-il donc faire ?

1. **Barbouillé** : ainsi nommé parce que le personnage avait le visage enduit soit de farine (symbolisant la niaiserie) soit de lie de vin (symbolisant l'ivrognerie).
2. **Cathau** : diminutif de Catherine.
3. **Rude** : dur. Le Barbouillé a la sensation que des cornes (de cocu) lui poussent sur le front.
4. **Pour être toute seule, qu'en veux-tu dire ?** : à propos du fait que je sois toute seule, que peux-tu me reprocher ?

LE BARBOUILLÉ. — Il faut être retirée à la maison, donner ordre au souper, avoir soin du ménage, des enfants ; mais sans tant de discours inutiles, adieu, bonsoir, va-t'en au diable et me laisse en repos.
ANGÉLIQUE. — Tu ne veux pas m'ouvrir ?
LE BARBOUILLÉ. — Non, je n'ouvrirai pas.
ANGÉLIQUE. — Hé! mon pauvre petit mari, je t'en prie, ouvre-moi, mon cher petit cœur.
LE BARBOUILLÉ. — Ah, crocodile ! ah, serpent dangereux ! tu me caresses pour me trahir.
ANGÉLIQUE. — Ouvre, ouvre donc.
LE BARBOUILLÉ. — Adieu ! Vade retro, Satanas[1].
ANGÉLIQUE. — Quoi ? tu ne m'ouvriras point ?
LE BARBOUILLÉ. — Non.
ANGÉLIQUE. — Tu n'as point de pitié de ta femme, qui t'aime tant ?
LE BARBOUILLÉ. — Non, je suis inflexible : tu m'as offensé, je suis vindicatif comme tous les diables, c'est-à-dire bien fort ; je suis inexorable.
ANGÉLIQUE. — Sais-tu bien que si tu me pousses à bout, et que tu me mettes en colère, je ferai quelque chose dont tu te repentiras ?
LE BARBOUILLÉ. — Et que feras-tu, bonne chienne ?
ANGÉLIQUE. — Tiens, si tu ne m'ouvres, je m'en vais me tuer devant la porte ; mes parents, qui sans doute viendront ici auparavant de se coucher, pour savoir si nous sommes bien ensemble, me trouveront morte, et tu seras pendu.
LE BARBOUILLÉ. — Ah, ah, ah, ah, la bonne bête ! et qui y perdra le plus de nous deux ? Va, va, tu n'es pas si sotte que de faire ce coup-là.
ANGÉLIQUE. — Tu ne le crois donc pas ? Tiens, tiens, voilà mon couteau tout prêt : si tu ne m'ouvres, je m'en vais tout à cette heure m'en donner dans le cœur.
LE BARBOUILLÉ. — Prends garde, voilà qui est bien pointu.
ANGÉLIQUE. — Tu ne veux donc pas m'ouvrir ?
LE BARBOUILLÉ. — Je t'ai déjà dit vingt fois que je n'ouvrirai point ; tue-toi, crève, va-t'en au diable, je ne m'en soucie pas.
ANGÉLIQUE, *faisant semblant de se frapper*. — Adieu donc !... Ay ! je suis morte. [...]

1. **Vade retro, Satanas** : En arrière, Satan ! (expression latine)

DOCUMENT 2 A. FELIBIEN, *Relation de la Fête de Versailles du dix-huitième juillet mil six cent soixante-huit*[1].
Éd. Mercure de France.

Le but premier des spectacles grandioses donnés à Versailles était de célébrer la gloire du souverain. Il s'agissait d'impressionner les courtisans français (la haute noblesse) et les ambassadeurs des cours européennes en leur rappelant la puissance rayonnante du roi de France aussi bien sur les plans militaire, économique[2] *et culturel.*
Lors du Divertissement Royal du 18 juillet 1668, pas moins de 1 500 personnes assistèrent à la création de George Dandin *; il fallut une demi-heure à la reine elle-même pour gagner son fauteuil devant la scène* ! Le lieu théâtral — qui servit dans la nuit de salle de bal — avait été édifié au croisement de plusieurs allées... Voici comment le critique d'art et historiographe André Félibien (1619-1695) le décrit.*

Le théâtre qui avançait un peu dans le carré de la place, s'enfonçait de dix toises[3] dans l'allée qui monte vers le château, et laissait pour la salle un espace de treize toises de face sur neuf de large. L'exhaussement[4] de ce salon était de trente pieds [...]. Il était couvert de feuillée par dehors, et par dedans paré de riches tapisseries[5]. [...] Du haut du plafond pendaient trente-deux chandeliers de cristal, portant chacun dix bougies de cire blanche. Autour de la salle étaient plusieurs sièges disposés en amphithéâtre, remplis de plus de douze cents personnes ; et dans le parterre[6] il y avait encore sur des bancs une plus grande quantité de monde. [...] L'ouverture du théâtre était

1. Le site de la Comédie-Française (www.comedie-francaise.fr) présente de larges extraits du compte-rendu de cette extraordinaire nuit de fête qui se termina par un feu d'artifice surprise qui paniqua l'assistance « qui, ne sachant où se retirer, se cachait dans l'épaisseur des bocages et se jetait contre terre » !
2. La fête du 18 juillet 1668 coûta quelques 150 000 livres ; c'était à l'époque le prix d'un joli château ou d'un navire de guerre bien équipé.
3. **Dix toises** : vingt mètres. La toise est une ancienne mesure de longueur valant six pieds c'est-à-dire environ deux mètres.
4. **L'exhaussement** : la hauteur de cette immense construction fabriquée de toutes pièces spécialement pour l'occasion.
5. **Tapisseries** : tapis muraux.
6. **Parterre** : rez-de-chaussée d'une salle de théâtre (par opposition aux balcons, dans un théâtre à l'italienne).

de trente-six pieds, et de chaque côté il y avait deux grandes colonnes torses, de bronze et de lapis, environnées de branches et de feuilles de vigne d'or : elles étaient posées sur des piedestaux de marbre, et portaient une grande corniche, aussi de marbre, dans le milieu de laquelle on voyait les armes[1] du Roi sur un cartouche doré, accompagné de trophées ; l'architecture était d'ordre ionique. Entre chaque colonne, il y avait une figure : celle qui était à droite représentait la Paix, et celle qui était à gauche représentait la Victoire. [...] Lorsque Leurs Majestés furent arrivées dans ce lieu, dont la grandeur et la magnificence surprit toute la cour, et quand elles eurent pris leurs places sur le haut dais[2] qui était au milieu du parterre, on leva la toile qui cachait la décoration du théâtre, et alors les yeux se trouvant tout à fait trompés, l'on crut voir effectivement un jardin de beauté extraordinaire. [...]

1. **Armes** : armoiries.
2. **Dais** : baldaquin.

As-tu bien lu ?

1 À quels genres appartiennent les documents 1 et 2 ?

Un spectacle mêlant comédie-farce, pastorale et fastes de cour

2 Document 1 : Quelle scène de *George Dandin* développe la scène 9 de *La Jalousie du Barbouillé* ?
Quels sont les points communs et les différences entre cette scène de farce* et la scène de comédie qu'elle a inspiré ?

3 Document 2 : Relève quelques mots qui laissent croire qu'il s'agit d'une véritable salle de théâtre en dur.
Pourquoi A. Félibien donne-t-il tant d'indications chiffrées de dimensions ?

DOCUMENT 3 Gravure représentant l'aménagement du petit Parc de Versailles pour la représentation de *George Dandin* lors du Grand Divertissement royal de juillet 1668 (BNF, Paris).

L'image ci-dessous montre comment le jardin réel du Parc de Versailles est encadré de telle sorte qu'il semble être un décor de théâtre.*

La comédie-ballet : entre féerie et réalité tangible

4 Document 1
Les deux personnages ont des relations haineuses, ils se livrent à une véritable guerre des sexes. Par quoi cette vision noire de l'humanité est-elle compensée dans la comédie-ballet* ?

5 Document 1
Quelle différence sociale sépare Le Barbouillé et George Dandin ?

6 Document 2
À quelle actualité peu artistique la façade du théâtre fait-elle référence ? À quelle époque se réfèrent les motifs décoratifs ? À qui est comparé le roi de façon très banale ?
Qu'est-ce qui rappelle la domination royale dans ce décor ?

Lire l'image

7 Qu'est-ce qui surprend dans cette image ?

8 Quelle est l'importance relative des spectateurs et des comédiens dans cette gravure ?

9 Quelle est la fonction de cette image ?

À toi de jouer

10 Essaie de concevoir une affiche (format A4) pour *George Dandin* en essayant de suggérer toutes les contradictions propres à cette œuvre : farce*, pastorale, ballet, comédie musicale, satire des prétentieux, désespoir amoureux, etc.
Pense à découper et à coller des mots et des images prélevés dans la presse ou sur Internet.

Qu'est-ce qu'être noble au temps de Molière ? Y a-t-il une différence entre la vieille noblesse de province des Sotenville et celle de Clitandre, gentilhomme du Roi à Versailles ? Comment peut-on alors, tel Dandin, prétendre accéder à la noblesse ? Cette enquête dévoile les divers aspects de la noblesse au temps de Louis XIV, le culte de la naissance, la façon d'être et de montrer « qu'on en est », la fièvre de l'anoblissement...

La noblesse au temps de Louis XIV

L'ENQUÊTE EN 4 ÉTAPES

1 Qu'est-ce que la noblesse ? Qui sont les nobles ?

La noblesse (du latin* nobilis, *« bien connu ») a été présente dans toutes les sociétés traditionnelles. En Europe occidentale, au Moyen Âge, des gens biens nés acquirent puissance et gloire, au point de rivaliser à l'occasion avec le pouvoir royal. Insoumise et méprisante à l'égard des gens « sans nom », la noblesse a toujours formé un monde à part…

Homme de haute qualité au XVIIe siècle, gravure (BNF, Paris).

● LES ORIGINES DE LA NOBLESSE

La noblesse remonte à l'Antiquité. Elle formait une classe d'élite à part et une institution militaire, symbolisée par le chevalier, combattant à cheval. La noblesse triomphe au Moyen Âge où les grands seigneurs[1] sont souvent plus puissants que le roi dont ils sont pourtant les vassaux.

Au XVIIe siècle, Louis XIV, marqué par la révolte des nobles durant la Fronde (1648-1653), se méfie d'eux. Pour mieux les contrôler, il les détourne de la politique en les réduisant à des tâches d'apparat à Versailles. Il exerce alors le pouvoir seul – c'est l'absolutisme ou la monarchie absolue.

● NOBLE DE PÈRE EN FILS

Depuis le Moyen Âge, la noblesse se transmet de père en fils, elle est

1. **Les grands seigneurs** concédaient des terres (des fiefs) aux petits en échange d'un service, souvent militaire.

Antoine Trouvain (1656-1708), Troisième appartement à Versailles, le Roi, Monsieur, Monsieur le duc de Chartres... jouant au billard, *gravure (Musée Carnavalet, Paris).*

Une caste hiérarchisée

La famille royale est au sommet du système : le fils aîné du roi est le Dauphin de France ; le frère cadet du Roi est Monsieur ; tout membre de la famille royale qui n'est ni enfant ni neveu du roi est un Prince de sang.
Les nobles sont : ducs, comtes, vicomtes et barons. Ces titres sont réglementés et vérifiés par le pouvoir royal.

patrilinéaire. Est donc noble l'enfant légitime d'un noble. Si certaines familles font remonter leur filiation jusqu'au Moyen Âge, en réalité, déjà au temps de Louis XIV (vers 1650), les nobles de sang étaient déjà rares ! Peu d'entre eux se trouvaient « un aïeul » ayant connu le temps des Croisades – comme M. de Sotenville (acte I, scène 4).
Durant les états généraux de 1614 s'affrontèrent 132 députés de la « noblesse d'épée » et 192 du tiers état, parmi lesquels 131 étaient pourvus d'un office royal donc appartenaient à la « noblesse de robe »[2].

● UNE CLASSE PRIVILÉGIÉE

Contrairement au tiers état (qui représente 98 % de la population), les nobles (environ 2 % de la population sous Louis XIV) ont de nombreux privilèges : ils ne paient pas d'impôt[3] et peuvent en lever, sont jugés par des nobles, transmettent leur bien à leur fils aîné, sont membres des

2. **Gens de robe** : bourgeois ayant acquis des charges, ils étaient tous vêtus de noir.

3. **La taille** était l'impôt sur le revenu le plus lourd de l'Ancien régime, payé uniquement par les roturiers.

Femme de la plus haute qualité en 1693, gravure (BNF, Paris).

assemblées des États provinciaux, bénéficient de places réservées dans l'armée et l'administration, chassent, arborent des armoiries et portent une épée (M. de Sotenville menace Georges Dandin de son épée).
À la cour, les nobles entourent le roi ; à l'église ils ont leur banc particulier et communient en premier.

La noblesse transmise par la mère ?

Elle n'a été autorisée qu'un temps dans quelques provinces (le Béarn, la Champagne et la Lorraine). Rappelons que Mme de Sotenville (née de la Prudoterie) est originaire des environs de Nancy…

Les nobles : une espèce à part ?

L'expression *Sang bleu*, traduite de l'Espagnol, désigne le sang noble. Les nobles espagnols s'imaginaient que des veines bleutées sur une peau claire signifiaient l'absence d'ancêtres maures. « Il y a dans les semences [le sperme des nobles] je ne sçay quelle force, et je ne sçay quel principe qui transmet les inclinaisons des Pères à leurs descendants », peut-on lire dans un traité de la noblesse de 1690, montrant que les nobles pensent être une race à part et supérieure.

• LES NON NOBLES

Tout sujet du royaume qui se trouvait n'être ni noble ni ecclésiastique appartenait mécaniquement au troisième ordre, celui du tiers état. Cette classe sociale englobait les riches bourgeois (gens de robe ou marchands, tels les parents de Molière), les gens de lettres, les artisans, les ouvriers, les fermiers (comme Dandin), les journaliers (comme Lubin), les domestiques (comme Colin), les mendiants...

Comment vivre noblement ?

Chef militaire idéal, le noble doit avoir un comportement modèle : il doit « tenir son rang ».

● DES CONDITIONS DE VIE DIVERSES

Sous Louis XIV, la noblesse possède un quart des terres mais elle est très disparate.

La haute noblesse de cour – les Grands – (1 % des nobles) vit à Paris et/ou à Versailles et dispose d'un revenu (composé de fermages ou de pensions[1]) qui peut s'élever à des centaines de milliers de livres par an.

La moyenne noblesse provinciale (14 % des nobles) vit avec plusieurs milliers de livres par an. Composée de familles de membres éloignés de la couronne ou d'officiers supérieurs de l'armée, elle loge dans les capitales de province et se rend de temps en temps à Versailles.

La noblesse rurale (85 %) est un mélange de noblesse aisée (une vie de château confortable), modeste (petit château et petits moyens) et désargentée (comme les Sotenville !) n'ayant plus qu'une vieille maison et un blason familial. Certains nobles indigents (les cadets de famille, par exemple) allaient même en prison pour dettes !

> ### Les Sotenville, une vieille noblesse féodale
>
> *Ils incarnent la noblesse belliqueuse démodée, férue de duels et défendant une morale héroïque héritée de Louis XIII et de Corneille. Clitandre, au contraire, représente le véritable honnête homme de son époque.*

● VIVRE DANS L'ENTOURAGE DU ROI

4 000 nobles de l'aristocratie fortunée se pressaient chaque jour à Versailles pour y exercer quotidiennement le métier répétitif et harassant de courtisan. Cela consistait surtout à essayer d'apercevoir le roi, respecter des règles de préséance tatillonnes, rester à la mode, surveiller ses voisins, tenir son rang et essayer d'augmenter ses prérogatives[2] ! Pourtant aucun n'aurait préféré vivre paisiblement dans ses terres !

1. Pensions : sommes versées annuellement par le roi.

2. Seuls les nobles ayant acheté un « Brevet d'affaires » pouvaient parler au roi quand il était sur sa chaise percée !

La cour dans les jardins de Versailles sous Louis XIV, gravure sur bois, 1875.

● NOBLESSE OBLIGE...

Le noble doit avoir un comportement militaire héroïque qui répond au code de l'honneur[3]. Sous Louis XIV, ses qualités de bravoure, dévouement, courage et loyauté sont au service du roi.

Mais il doit aussi maîtriser la civilité, l'art de la conversation, la galanterie, la générosité et l'élégance, le mérite personnel, le bon goût et le bon ton, pour participer à la vie mondaine.

Il doit correspondre à l'idéal de l'honnête homme : une personne agréable et distinguée par ses manières, son langage, son esprit et ses connaissances.

Ainsi la « noblesse » correspond à la fois à un groupe social et à un idéal humain.

Aux temps féodaux, la chevalerie avait pour devise : Vaillance et Largesse (générosité financière).

3. Entre 1608 et 1723, huit édits royaux interdirent les duels... qui durèrent pourtant jusqu'à la fin du XIXe siècle.

● LE DROIT DE JUSTICE

Sur ses terres, le seigneur a pour rôle d'arbitrer les conflits entre paysans et entre les paysans et lui. Il est responsable selon son rang de la basse justice (pour des sommes inférieures à 3 livres), de la moyenne justice (l'adultère supposé d'Angélique...) et parfois de la haute justice (les crimes de sang). Les seigneurs de haute justice avaient le droit de faire planter un pilori sur la place publique et d'y afficher leurs armoiries.

Quels sont les devoirs d'un noble ?

Les privilèges de la noblesse ont des contreparties : des interdictions et des obligations. Ainsi, les nobles ont l'interdiction – sous peine de déroger à noblesse[4] – d'exercer une activité lucrative (commerce, banque, artisanat)[5] autrement dit un métier « ig-noble » et ont l'obligation de se préparer à la guerre, d'occuper des emplois coûteux (armée, magistrature, haute administration, arts libéraux) et d'exercer la justice seigneuriale.
S'ils commettent des fautes, l'amende est plus élevée pour eux que pour les roturiers car un noble doit montrer l'exemple !

La justice au XVIIe siècle, gravure (BNF, Paris).

4. Déroger à noblesse : perdre ses privilèges.

5. En France, la gentilhommerie ne prendra jamais part ouvertement à l'industrie et au commerce avant la fin de l'Ancien régime.

3 Comment devient-on noble sous Louis XIV ?

En France, depuis le XIVe siècle, seul le souverain a le pouvoir d'anoblir. Il y a bien d'autres manières cependant de devenir noble mais aucune n'est simple.

• DEVENIR NOBLE SOI-MÊME…

Un anoblissement personnel en bonne et due forme s'obtient uniquement par deux moyens : par décision du roi (noblesse d'épée) ou par achat d'une charge anoblissante dans la magistrature (noblesse de robe). Cette seconde

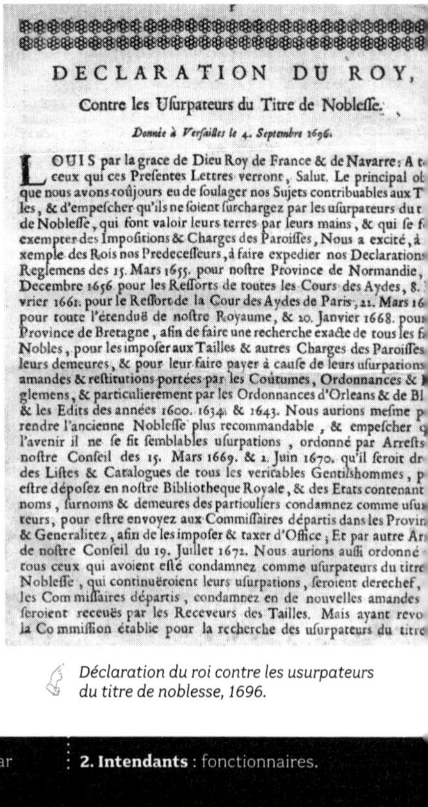

DECLARATION DU ROY,

Contre les Usurpateurs du Titre de Noblesse.

Donnée à Versailles le 4. Septembre 1696.

LOUIS par la grace de Dieu Roy de France & de Navarre: A t
ceux qui ces Presentes Lettres verront, Salut. Le principal ob
que nous avons toûjours eu de soulager nos Sujets contribuables aux T
les, & d'empescher qu'ils ne soient surchargez par les usurpateurs du t
de Noblesse, qui font valoir leurs terres par leurs mains, & qui se f
exempter des Impositions & Charges des Paroisses, Nous a excité, à
xemple des Rois nos Predecesseurs, à faire expedier nos Declarations
Reglemens des 15. Mars 1655. pour nostre Province de Normandie,
Decembre 1656 pour les Ressorts de toutes les Cours des Aydes, 8.
vrier 1661. pour le Ressort de la Cour des Aydes de Paris, 22. Mars 16
pour toute l'étenduë de nostre Royaume, & 20. Janvier 1668. pour
Province de Bretagne, afin de faire une recherche exacte de tous les f
Nobles, pour les imposer aux Tailles & autres Charges des Paroisses
leurs demeures, & pour leur faire payer à cause de leurs usurpations
amandes & restitutions portées par les Coûtumes, Ordonnances &
glemens, & particulierement par les Ordonnances d'Orleans & de Bl
& les Edits des années 1600. 1634. & 1643. Nous aurions mesme p
rendre l'ancienne Noblesse plus recommandable, & empescher q
l'avenir il ne se fit semblables usurpations, ordonné par Arrests
nostre Conseil des 15. Mars 1669. & 2. Juin 1670. qu'il seroit dr
des Listes & Catalogues de tous les veritables Gentilshommes, p
estre déposez en nostre Bibliotheque Royale, & des Etats contenant
noms, surnoms & demeures des particuliers condamnez comme usu
teurs, pour estre envoyez aux Commissaires départis dans les Provin
& Generalitez, afin de les imposer & taxer d'Office; Et par autre Ar
de nostre Conseil du 19. Juillet 1672. Nous aurions aussi ordonné
tous ceux qui avoient esté condamnez comme usurpateurs du titre
Noblesse, qui continuëroient leurs usurpations, seroient derechef,
les Commissaires départis, condamnez en de nouvelles amandes
seroient receuës par les Receveurs des Tailles. Mais ayant revo
la Commission établie pour la recherche des usurpateurs du titre

Déclaration du roi contre les usurpateurs du titre de noblesse, 1696.

Les lettres de noblesse

Déjà en 1270, la chancellerie royale délivra une lettre patente[1] d'anoblissement à un argentier et une autre à un barbier ; en 1345, c'était à un cuisinier…
Louis XIV, pour renflouer le Trésor royal, expédiait à ses intendants[2] des lettres de noblesse officielles « en blanc » (il suffisait d'ajouter le nom du bénéficiaire), vendues environ 6 000 livres (180 000 euros environ).

1. Lettre patente : écrit émanant du roi par lequel il rend publique une décision qu'il a prise concernant un droit ou un privilège.

2. Intendants : fonctionnaires.

noblesse, moins prestigieuse, tire son nom de l'épitoge noire portée par les magistrats. Par exemple, en Bretagne, on pouvait acheter une charge d'avocat et la qualité de gentilhomme pour 70 000 livres.

● FAUTE DE NOBLESSE... UN TITRE

Jusqu'au XIIIe siècle, l'achat d'une seigneurie[3] donnait le titre de « seigneur du lieu » et rendait noble. Ensuite, cela ne suffit plus. Néanmoins, sous Louis XIV, l'acquéreur d'une seigneurie en prenait souvent le titre, se faisant ainsi passer pour noble... Le titre de « Monsieur de la Dandinière » (acte I, scène 4) va donc à l'encontre du droit nobiliaire...

Noblesse de robe et noblesse d'épée

Les nobles d'origine, d'ancienne extraction, se nommaient la noblesse d'épée ; ils détestaient le système de vente des charges qu'ils qualifiaient de « savonnette à vilains[4] » et méprisaient la noblesse de robe. De curieux offices anoblissants furent inventés et vendus sous Louis XIV, tels inspecteurs des suifs, essayeurs d'eaux-de-vie, contrôleur de perruques...

Argent fait tout — Mariage à la mode, *XVIIe siècle, gravure (BNF, Paris).*

● OBTENIR LA NOBLESSE POUR UN DESCENDANT...

On peut obtenir la noblesse pour ses descendants par alliance. Ainsi George Dandin, qui profite du fait que son épouse est « issue [d'une] maison où le ventre anoblit ». Les demoiselles comme Angélique étaient recherchées par les roturiers et vendues cher par leurs parents...

3. Seigneurie : terre d'un seigneur. Certaines étaient titrées, ce qui créait une hiérarchie des seigneuries : baronnie, marquisat, comté, vicomté, duché, principauté.

4. Vilain : paysan, et plus généralement, individu de condition inférieure.

Mais le plus souvent la noblesse se transmet par le père. Dans ce cas, il faut marier sa fille avec un noble et le petit-fils sera noble...
Aujourd'hui par contre, si une noble épouse un roturier, elle perd sa noblesse jusqu'au veuvage ou au divorce. Ses enfants ne sont pas nobles.

Les particules nobiliaires

90 % des nobles portent un nom à particule (« De Sotenville »). Pourtant, sur les 120 000 noms à particule français, 116 000 (97 %) n'ont aucun lien avec la noblesse. Ils marquent une origine géographique ou de propriété.

Le Bourgeois Gentilhomme[5] (1670)

Molière reprend le thème du mariage avec un noble. Marchand drapier enrichi, M. Jourdain rêve de noblesse : il dépense sans compter pour acquérir les façons des gens de cour et veut marier sa fille contre son gré avec un noble ! Madame Jourdain et la servante Nicole s'opposent à cette lubie (acte III, scène 9).

MADAME JOURDAIN. — [...] Il vaut mieux pour elle un honnête homme riche et bien fait qu'un gentilhomme gueux et mal bâti.

NICOLE. — Cela est vrai. Nous avons le fils du gentilhomme de notre village qui est le plus grand malitorne [maladroit] le plus sot dadais que j'aie jamais vu. [...]

MONSIEUR JOURDAIN. — Voilà bien des sentiments d'un petit esprit de vouloir demeurer toujours dans la bassesse. [...] Ma fille sera marquise en dépit de tout le monde, et si vous me mettez en colère, je la ferai duchesse.

Monsieur Jourdain, gravure pour Le Bourgeois Gentilhomme *(Bibliothèque de l'Arsenal, Paris).*

5. Gentilhomme : noble, vient du latin *gentilis* « d'une race connue » désigne une personne de bonne famille attachée à la Maison du roi.

Que sont devenus les nobles d'antan ?

En France, les grandes familles nobles ont évité la ruine et ont assuré leur conservation en se reconvertissant dans certains domaines de la vie publique ou de la vie économique et en s'alliant avec la haute bourgeoisie toujours désireuse, elle, d'acquérir du prestige.

• LA NOBLESSE ET LA FIN DE L'ANCIEN RÉGIME

Au XVIIIe siècle, la noblesse se replie sur elle-même alors qu'au contraire la bourgeoisie s'épanouit. Lors de la Révolution de 1789, des milliers de nobles royalistes sont massacrés et s'enfuient.

Après la Révolution, beaucoup de nobles parviennent à s'adapter et investissent leurs capitaux dans la banque ou l'industrie (surtout durant la restauration).

Au début du XIXe siècle, Napoléon Ier rétablit la noblesse[1]. Elle est définitivement supprimée du droit positif par la IIIe République (1870-1940).

• LA NOBLESSE DE NOS JOURS EN FRANCE

La noblesse est encore bien présente dans certaines sphères (les grandes écoles, la diplomatie, l'armée, la haute administration, la haute finance, le patrimoine) où le fait de porter un nom à particule reste un label envié.

Représentant moins de 2 % de la population, la noblesse se comporte comme une caste (séjours au château, rallyes, bals...) et présente une nette tendance à l'endogamie[2] même si elle a contracté de nombreux mariages avec la haute bourgeoisie (en effet, les Sotenville et les Dandin sont encore parmi nous !).

Deux familles actuelles prétendent descendre du roi de France : la première issue de Louis XIII, la famille d'Orléans à laquelle il faut ajouter la branche brésilienne des Orléans-Bragance ; et la deuxième issue de Louis XIV, la famille de Bourbon-Espagne.

1. *Napoleone di Buonaparte* était issu de la noblesse de sang italo-corse.

2. Endogamie : obligation de se marier dans sa propre « tribu ».

La nuit du 4 août 1789, l'Assemblée nationale réunie à Versailles abolit les privilèges.

L'abolition des privilèges

La nuit du 4 août 1789 a fondé la France politique contemporaine. Les députés des trois ordres de l'Assemblée nationale — au cours de cette séance nocturne inouïe qui se clôtura à 3 h du matin — décrétèrent le renversement de toute l'organisation sociale féodale par castes en place depuis mille ans et son remplacement immédiat par un système nouveau, régi par le principe de l'égalité de tous devant la loi.

iche d'exploitation pédagogique
e la captation vidéo de la mise en scène
e Anne-Marie Lazarini

OBJECTIFS

Ce questionnaire a été conçu dans le but de sensibiliser les élèves au fait qu'une représentation théâtrale s'étudie sous divers angles (techniques, artistiques, philosophiques...). Les aspects envisagés sont :

- la vision globale de la pièce et des rôles que propose le metteur en scène* à travers le spectacle ;
- les effets produits sur le public ;
- les choix majeurs de scénographie (costumes, décor*) ;
- le parti pris dans le traitement de certaines scènes équivoques ;
- l'approche psychologique du personnage* par l'acteur/l'actrice qui l'interprète ;
- les rapports entre le personnage, l'acteur et l'auteur.

Les dix questions qui suivent peuvent être posées après la projection totale de la pièce (environ 65 min). La correction gagnera à s'opérer à l'aide des trois interviews successives du metteur en scène et des deux acteurs principaux ; ces brefs entretiens se trouvent dans la partie *En coulisse* du Menu.

La lecture que fait le metteur en scène de la pièce et des rôles principaux

1 Trouves-tu que la mise en scène d'Anne-Marie Lazarini met plutôt l'accent :

- ☐ sur le côté tragique,
- ☐ sur le côté farcesque,
- ☐ sur les deux en même temps.

2 Dans cette mise en scène, Angélique ne paraît pas du tout imbue de sa noblesse. Quelle est donc ici l'origine de ses problèmes avec son mari ?

Les réactions du public

3 Cette représentation de *George Dandin* montre-t-elle une préférence pour le héros ou pour l'héroïne ? De quoi dépend, à ton avis, le penchant de chaque spectateur ?

Les choix majeurs de scénographie (costumes, décor)

4 Un des éléments du décor* possède une particularité ; laquelle ? Qu'est-ce que cela veut dire ?

5 Quelle remarque peux-tu faire sur les costumes ?

Les partis pris dans la mise en scène de certains passages

6 **a.** Dans l'acte II scène 2, de qui Angélique est-elle clairement la porte-parole?

b. Dans l'acte III scène 6, Angélique semble-t-elle sincère ou hypocrite ?

George Dandin interprété par le comédien Philippe Lebas

7 Quel est le caractère de George Dandin tel que le joue Philippe Lebas ? Est-ce vraiment un méchant homme ?

Angélique interprétée par la comédienne Christine Brücher

8 Sur quels traits de caractère d'Angélique insiste surtout C. Brücher ?

Les rapports entre le personnage, l'acteur et l'auteur

9 **a.** C'est Molière lui-même qui jouait à l'origine le rôle de George Dandin. Crois-tu que l'auteur a pu intégrer des détails autobiographiques dans son personnage ?

b. Dès lors, quel est l'être double que joue Philippe Lebas ?

10 Selon toi, pourquoi Molière refuse-t-il de ridiculiser totalement Angélique ?

[P]etit lexique du théâtre

Accessoires	Les petits objets (bâton, petit papier…) utiles à la représentation.
Acte	Nom donné à chacune des grandes parties d'une pièce de théâtre. Le plus souvent, le changement d'acte correspond à un changement de lieu ; le rideau se ferme pour permettre le changement de décor.
Aparté	Il y a un aparté lorsqu'un personnage parle à part soi (sans être entendu d'un autre personnage) et que le public entend ce qu'il dit.
Auteur dramatique	Auteur de pièce de théâtre. ***Syn.*** : dramaturge. Shakespeare fut le plus inventif des dramaturges occidentaux.
Burlesque	Le burlesque est une forme de parodie de l'époque consistant à travestir, en les embourgeoisant, des personnages et des situations héroïques. Le style burlesque s'obtient en associant un langage bas (populaire) à un personnage haut placé.
Comédie	Pièce comique destinée à faire rire le public (le pathétique est prohibé). Les pièces de Molière sont des modèles de comédies.
Comédie-ballet	Forme de spectacle inventé par Molière à la fois théâtral, chorégraphique (avec danseurs) et musical ; ancêtre de l'opéra.
Coup de théâtre	Événement inattendu qui modifie radicalement le cours de l'action. ***Syn.*** : renversement de situation.
Décor	Par l'intermédiaire d'objets et de grandes toiles peintes placées au fond de la scène, le décor reconstitue le lieu de l'action (façade de maison, intérieur…) sur le plateau.
Dénouement	Fin de la pièce. Plus précisément, fin de l'intrigue où s'effectue la résolution du nœud (du conflit), moment où tout s'explique et se résout.
Didascalies	Indications sur le décor, les mouvements, le ton, les gestes, etc., qui apparaissent dans le texte explicitement en caractères italiques ou implicitement en caractères romains.

Exposition	Partie initiale de la pièce (de l'intrigue) où sont données au spectateur toutes les informations nécessaires pour comprendre la suite. Le but est de capter au plus vite l'intérêt du spectateur.
Farce	Pièce populaire où règnent la ruse, les quiproquos, la violence physique et verbale et l'éternel ressort comique du trompeur trompé.
Héroï-comique (style)	Le style héroï-comique, qui est l'inverse du style burlesque, s'obtient en associant un langage haut (grandiloquent) à un personnage placé en bas de l'échelle sociale.
Intrigue	Ensemble des événements qui se déroule durant une pièce de théâtre. L'action comprend : l'exposition, le nœud, le dénouement. ***Syn.*** : action.
Metteur en scène	Personne qui dirige les acteurs (mouvements, intonations), choisit les décors et les costumes pour la représentation.
Monologue	Passage où un personnage parle seul sur scène. Par convention théâtrale, on considère qu'il révèle alors ses pensées secrètes.
Nœud	Partie de l'intrigue où intervient, à la suite de l'exposition, un obstacle qui entre en conflit avec le projet initial de l'action.
Parodie	Imitation, pour s'en moquer, d'un genre ou d'un auteur connu.
Parterre	Rez-de-chaussée d'une salle de théâtre où se tenait debout le public populaire, les gens chics se trouvant dans les balcons.
Péripétie	Moment de l'intrigue où l'action se renverse brusquement en son contraire (retournement, revirement). Une pièce peut enchaîner les péripéties (rebondissements de l'action).
Personnage	Personne qui apparaît dans une pièce de théâtre et qui doit être représentée par un acteur.
Procédé rhétorique	Techniques d'expression codifiées permettant d'obtenir un effet précis sur le lecteur ou l'auditeur.

Quiproquo — Vient du latin qui signifie : « ceci pour cela ». C'est l'une des formes possibles du comique de situation : on prend une personne pour une autre ou on comprend de travers.

Réplique — Ce qu'un acteur doit dire en une seule fois. Dans un texte de théâtre, devant chaque nouvelle réplique, est écrit le nom du personnage qui parle.

Représentation — Nom que l'on donne à une soirée de théâtre, au fait de jouer la pièce devant un public. ***Syn.*** : spectacle.

Scène — **1.** Aire de jeu où évoluent les acteurs. ***Syn.*** : plateau, planches.
2. Nom donné à chacune des parties d'un acte. On change de scène lorsqu'un personnage arrive ou s'en va.

Scène de nuit — Scène où, par convention théâtrale, les personnages sont censés ne pas se voir du tout entre eux.

Témoin caché — Personnage dissimulé. Lorsqu'il ne cherche pas à se cacher mais qu'il écoute, on parle de destinataire indiscret : c'est le cas de Clitandre (acte II, scène 2).

Théâtre — Le mot désigne aussi bien le lieu (la salle) que ce qui s'y déroule (la pièce).

Théâtre dans le théâtre — L'expression désigne une situation théâtrale où des personnages sur scène en regardent d'autres jouer la comédie.

Tirade — Longue réplique dans laquelle un personnage développe une idée importante.

Tragédie — Genre théâtral inventé en Grèce, dans l'Antiquité. Souvent en vers, une tragédie raconte une histoire terrible destinée à frapper l'imagination des spectateurs et les mettre en garde. Racine et Corneille ont écrit des tragédies.

À lire et à voir

● UN LIVRE ET DEUX FILMS POUR MIEUX CONNAÎTRE LOUIS XIV

Claude Biet
Les Miroirs du soleil, le roi Louis XIV et ses artistes
GALLIMARD, COLL. « DÉCOUVERTES », 2000

La prise de pouvoir par Louis XIV
Film de Roberto Rossellini (1966).

Ce film analyse la façon dont Louis XIV établit le pouvoir royal en se servant du projet de Versailles pour domestiquer la haute noblesse (et la noblesse en général). Il existe en DVD.

Le roi danse
Film de Gérard Corbiau.

Ce film étudie la notion de spectaculaire (jeu de mise en abyme) pour montrer comment Louis XIV opère son rayonnement. Il est paru aux éditions DVD France Télévisions (2001, durée : deux heures).

● DEUX LIVRES ET UN FILM POUR MIEUX CONNAÎTRE MOLIÈRE

Brigitte Labbé, Michel Puech
Molière
MILAN JEUNESSE, COLL. « DE VIE EN VIE », 2005.

Sylvie Dodeller
Molière
ÉCOLE DES LOISIRS, COLL. « BELLES VIES », 2005.

Molière

Film réalisé par Ariane Mnouchkine (1978), avec Philippe Caubère.

C'est le film qui offre, à ce jour, le portrait le plus achevé et le plus nuancé de Molière. Il est paru en double DVD (Paris, CNDP, 2004, 290 min).

● *GEORGE DANDIN* EN IMAGES : BD, FILMS ET REDIFFUSIONS DE PIÈCES DE THÉÂTRE

George Dandin

Éditions Vents D'Ouest, Coll. « Commedia ».

George Dandin

Film réalisé par Roger Planchon (1987), avec Claude Brasseur et Zabou Breitman.

George Dandin

Film réalisé par Jean-Claude Brialy (1996), avec Mathilde Seigner et Jacques Villeret.

George Dandin

Mise en scène de Anne-Marie Lazarini, avec Philippe Lebas et Christine Brücher.

Éd. SOPAT, 2006. Durée : 1 h 30

La pièce est présentée comme une comédie alternant rire et gravité, passé et modernité. Tout public.

George Dandin

Mise en scène de Catherine Hiegel, avec les Comédiens-Français.

ÉDITIONS MONTPARNASSE, 2008. DURÉE : 100 MIN.

Lecture noire mais extrêmement fine et puissante de la pièce avec une scénographie et un jeu d'acteurs remarquable. Public averti.

● *GEORGE DANDIN* EN MUSIQUE

Lully : Les divertissements de Versailles

William Christie et les Arts Florissants, ÉD. ERATO DISQUES, 2007.

Le CD contient deux airs de la pastorale encadrant *George Dandin* : « Chantons tous de l'amour ! » (n° 4) et « Laisse-nous en repos, Philène ! » (n° 9). Sur la musique baroque et notamment Lully : sitelully.free.fr

● D'AUTRES OUVRAGES SUR LA VIE DES COMÉDIENS, LA VIE DE COUR ET LE MALHEUR D'AIMER…

Paul Scarron

Le Roman comique (1651-1657)

Une troupe de comédiens, qui désire jouer fièrement la tragédie, se trouve prise dans diverses aventures dignes d'une comédie qui mêlent épisodes farcesques, rebondissements, enlèvements, facéties…

Madame de Sévigné

Lettres

Les missives à sa fille d'une aristocrate réputée dans les salons pour son esprit (rédigées à partir de 1669, publiées en 1734). Pendant vingt ans, l'épistolière raconte avec humour et vivacité les événements frappants et les faits divers de la vie parisienne et provinciale du siècle de XIV.

Madame de La Fayette

La Princesse de Clèves

Le plus grand roman d'amour du XVIIe siècle (paru en 1678) raconte les suites funestes d'un mariage arrangé. L'épouse rencontre un homme séduisant et en tombe amoureuse. Le mari sera torturé par l'infidélité supposée de son épouse.

ble des illustrations

8, 17	ph © Roger-Viollet
52	ph © Pascal Gély / Agence Bernand
55	ph © Roger-Viollet
82	ph © BnF, Paris
83	ph © La Collection / Gilles Mermet
110	ph © Akg-Images
112	Coll. IM / Kharbine-Tapabor

2, 7, 75, 78 à 103, 106, 107, 108, 111, 113, 114, 116 : ph © Archives Hatier

Iconographie : Hatier Illustration
Principe de maquette : Marie-Astrid Bailly-Maître
Suivi éditorial : Christine Delage
Illustrations intérieures : Julien Martinière
Mise en pages : Facompo

PAPIER À BASE DE
FIBRES CERTIFIÉES

Hatier s'engage pour
l'environnement en réduisant
l'empreinte carbone de ses livres.
Celle de cet exemplaire est de :
250 g éq. CO_2
Rendez-vous sur
www.hatier-durable.fr

Achevé d'imprimer par Black Print CPI Iberica S.L.U - Espagne
Dépôt légal n° 96308-7/06 - septembre 2017